만 나 고   헤 어 지 고   또다시 만나는 일의 반복

우 리 는 왜 다 시 사 랑 에 빠 지 고 새롭게 연애할까요?

지금 만큼은
사 랑 이
전부인 것처럼

테오,
180일 간의
사랑의 기록

180일,
지 금 만 큼 은
사 랑 이
전부인 것처럼

글+사진 테오

나 는 지 금
만나고 싶 은 사 람 을
만나러 갑 니 다.

차례

prologue ··· 008

연애

2 이별

3 선물

4 안녕

Prologue

사랑을 합니다. 서로에게 소중한 사람이 되어 연애를 시작합니다. 그러나 연애의 끝은 결국 이별. 대부분의 연애는 헤어지는 것으로 존재를 완성합니다. 만나고 헤어지고 또다시 만나는 일의 반복. 우리는 왜 다시 사랑에 빠지고 새롭게 연애할까요?

내가 그녀를 만나 사랑에 빠지던 날. 그때는 알지 못했습니다. 이별을 초월하는 사랑이 가능하다는 사실. 서로를 조각해 주는 방식의 사랑이 존재한다는 사실. 내가 그녀로 인해 한결 더 괜찮은 사람으로 성장하게 될 거라는 사실.

당신을 만나 시작합니다.
영원히 기억될 기적 같은 사랑.

사랑한다는 것은 온 생을 통해 누릴 수 있는 행운의 전부가 모여 한순간 두 사람을 향해 쏟아져 내렸다는 의미. 온 우주의 축복이 두 사람을 위해 한 방향으로 내리꽂혔다는 의미. 그리하여 더는 바랄 게 없는 마지막 단계의 행복에 도달했다는 의미.

잠시라도 좋으니
찰나의 순간이라도 좋으니
조금만 더 허락되기를.
내가 당신을 사랑할 수 있는 시간.

그녀의 뺨이 내 얼굴에 닿았고 나는 그대로 그녀를 안은 채 밤하늘 위로 날아오

르는 기분이었습니다. 화려했지만 왠지 평온한 밤이었습니다.

오늘 우리에게 무슨 일이 생긴 거예요?

그녀가 대답합니다.

"그걸 알기 위해 내일 또 만나고 싶은데, 어떡할래요?"

1

연
애

사랑할 수 있는
시간

그녀를 만났습니다. 반짝이는 이마를 가진 여자. 연애하는 동안 잠시도 사랑받고 있다는 사실을 잊지 않게 해줬던 사람.

주거나 혹은 받는 방식의 사랑은 경험해 봤으나 서로를 조각 혹은 조성해 주는 방식의 사랑은 그녀를 통해 처음 배웠습니다.

우리는 처음부터 이별의 혐의를 느끼고 있었습니다. 그녀는 부모님의 뜻을 한 번도 어겨 본 적 없는 사람이었고, 나와의 연애와 결혼은 부모님의 기대를 맞추기에 턱없이 부족한 것이었습니다. 합의에 이를 수 없는 만남. 설득을 실현하기 어려운 연애. 그것이 우리의 사랑이었습니다.

그녀는 말했습니다.

"힘든 거 알고 시작한 거니까. 이 연애는 내가 지킬 거야. 당신을 슬프게 만들지 않을 거야. 믿어도 좋아요."

900일이 지나고 우리는 헤어졌습니다.

이별에는 예감이나 마음의 준비 따위가 통하지 않았습니다. 절대로 슬퍼지는 고통. 깊은 절망. 벗어날 수 없을 것만 같은 공포. 그녀를 만나 사랑했던 시간들조차 구원이 되지 못했던 끔찍한 새벽. 나는 아픔을 견디지 못하고 그녀에게 전화를 걸었습니다.

"살려 줘요."

전화를 끊고 얼마쯤 지나 그녀가 왔습니다. 그녀는 들썩이던 내 어깨를 안아 진정시켰습니다. 그리고 내 뺨에 입술을 댄 채 속삭였습니다.

"울지 마요. 살려 줄게."

그녀는 내게 선물을 줬습니다. 180일의 새로운 연애.

"우리 다시 연애하자. 지금부터 6개월 동안 사랑하는 거야. 이별이 취소되는 건 아니지만 지금부터 6개월 동안 더 많이 사랑할 거니까. 그동안 이별도 평온하게 일상이 될 수 있을 거야. 슬픔이 되지 않을 거야. 어때요. 내 선물 마음에 들어요?"

180일이 지나고 그녀는 선물을 완성했습니다.

그녀의 선물은 이해하기 어려울 만큼 대단한 것이었습니다. 평생 받아 본 최고의 사랑이었습니다. 내가 얼마나 소중한 사람인지 하루도 건너지 않고 느끼게 해줬습니다.

슬픈 이별을 세상에서 가장 평온한 이별로 기어이 바꿔 놓은 사람. 그녀는 내가 다시 사랑하고 사랑받을 수 있는 남자가 된 것을 확인한 후에야 비로소 곁을 떠났습니다.

이것은 그 녀 와 나 는 900일의 연애.
그리고 그녀가 선 물 한
180일 동안의 구원에 관한 기록입니다.

시작하는 날

글렌 굴드의 앨범으로부터 모든 게 시작되었습니다. 어느 날 나는 오리지널 디자인 포켓에 담긴 80개의 CD 패키지를 주문했습니다. 5천 개밖에 만들지 않은 한정판 앨범. 그 아이를 데려와 행복해하던 가을날 저녁에 나는 우연히 그녀의 온라인 글을 발견했습니다.

종종 인사를 나누거나 향 좋은 커피집을 알려 주던 사이. 그녀와 나의 관계는 딱 그 정도의 간격이었습니다. 그런 그녀가 굴드를 원했습니다. 갖고 싶어서 망설이고 있었습니다. 이미 온라인몰의 재고는 한 자릿수로 떨어져 있었고, 다른 몰에서도 품절이 된 상태였습니다. 나는 그녀에게 문자메시지를 보냈습니다. 소박한 제안이었습니다.

바다 보러 가지 않을래요?

그때까지 우리는 서로 만난 적이 없었습니다. 전화를 한 적도 없었습니다. 불쑥 청한 만남에 어울리게 그녀의 대답도 간결했습니다.

그래요. 가요.

아직 커피는 따뜻했고 굴드가 연주한 골드베르크 변주곡은 기대만큼 훌륭했습니다. 좋은 기분이었습니다.

약속한 날 아침에 차를 렌트해 그녀의 집으로 향했습니다. 그녀의 메시지가 날아왔습니다.

이상한 사람 아니죠?

왜요? 하고 묻자 조금 무서워서요, 하고 답이 왔습니다. 그럴수도 있을 것 같았습니다. 첫 데이트에 바다라니. 제안한 나도 응답한 그녀도 무슨 생각으로 우리가 만나는 건지 이해하지 못한 채였으니까요. 그동안의 대화로 서로에 대해 파악한 것은 한 가지뿐이었습니다. 우리 둘 다 지독한 과잉배려자라는 사실. 그런 두 사람이 불쑥 조짐도 없이 만나 바다로 가려는 것입니다. 어느 바다인지도 정하지 않고. 얼마나 있다 올 건지도 말하지 않고.

그녀의 아파트 입구에 도착했습니다. 저만큼 앞에 그녀가 보였습니다. 반짝이는 이마가 먼저 보이고, 가늘고 작은 코가 보이고, 짙은 색깔의 입술이 따라 보였습니다. 예쁜 사람이었습니다. 차 문을 열고 그녀에게로 다가갔습니다. 떨려서 반걸음쯤

발을 헛디뎠습니다. 그녀가 웃었습니다.

우리는 바다로 향했습니다. 공항이 있는 바다, 영종도.

늦은 가을답게 바람도 파도도 차가웠습니다. 대화가 계속되고 우리는 서로를 인지했습니다. 때로 친밀함은 시간을 필요로 하지 않습니다. 두 사람이 나누는 성분과 밀도에 따라 친밀함은 결정됩니다. 우리의 성분은 놀랍게 일치했습니다. 나눈 밀도도 더없이 따뜻했습니다. 그녀가 물었습니다.

"오직 한 사람하고만 나누는 사랑이 가능하다고 생각해요?"

나는 대답했습니다.

"가능하니까 사랑이겠죠."

그녀가 조금 고민하다 다시 물었습니다.

"그런데 왜 다들 이별을 하죠? 다른 사람하고 또다시 사랑을 하죠?"

나는 대답하지 못했습니다.

해가 지는 바다를 떠나 그녀의 집으로 돌아왔습니다. 차에서 내려 몇 걸음 그녀가 걸어갔습니다. 나는 조금 망설이다 그녀를 불렀습니다. 그리고 차의 트렁크를 열어 굴드의 앨범 박스를 꺼냈습니다. 포장도 하지 않은 굴드의 박스 그대로였습니다.

나는 박스를 그녀에게 내밀었습니다. 그녀의 표정이 잠시 멈췄습니다. 그녀에게 말했습니다.

"이걸 주고 싶었어요. 오늘 우리, 그래서 만난 거예요."

그녀는 말이 없었습니다. 잠시 후 그녀의 눈가가 촉촉해지더니 내게 걸어와 두 팔로 내 목을 감싸 안았습니다.

박스 속에 들어 있는 굴드의 골드베르크 변주곡이 우리 두 사람을 둘러 연주되는 느낌이었습니다. 그녀의 뺨이 내 얼굴에 닿았고 나는 그대로 그녀를 안은 채 밤하늘 위로 날아오르는 기분이었습니다. 화려했지만 왠지 평온한 밤이었습니다.

우리는 알 수 있었습니다. 밤이 지나고 아침이 오면 이제껏 없었던 새로운 일상이 시작될 것입니다.

그녀를 안고 있는 내내 심장은 자기 박자를 잊고 요동쳤습니다. 그사이 문득 그녀가 아까 물었던 질문의 답이 떠올랐지만 나는 소리 내 말하지 않았습니다. 그냥 그대로 충분했기 때문입니다.

서른일곱 살의 남자와 스물여섯 살의 여자가 마주 안고 있습니다. 조용히 그녀에게 물어봅니다.

오늘 우리에게 무슨 일이 생긴 거예요?

그녀가 대답합니다.

"그걸 알기 위해 내일 또 만나고 싶은데. 어떡할래요?"

"오직 한 사람하고만 나누는 사랑이

가능하다고 생각해요?"

"가능하니까 사랑이겠죠."

"그런데 왜 다들 이별을 하죠?

다른 사람하고 또다시 사랑을 하죠?"

그와 그녀의 　　 습관

　　　　　당신을 만나고 돌아옵니다. 그리고 생각합니다.

낯선 사람을 만나면 먼저 돌아올 핑계부터 생각했는데.

요즘 바다가 간절히 보고 싶었는데.

배 위에서 새우깡을 받아먹는 갈매기들은 좋아하지 않는데.

새우구이집에서도 늘 칼국수 먹는 걸 좋아했는데.

다른 술은 힘들어해도 와인만큼은 즐거웠는데.

공부를 더 많이 하고 싶은데.

음식을 적게 먹어서 같이 먹는 사람들을 불편하게 했는데.

커다란 목소리가 유난해서 눈치가 보였는데.

걸음이 빨라서 늘 신경이 쓰였는데.
그래서 나는 사랑을 하지 못할 줄 알았는데…….
혼자가 아니었어.

혼자가 아니었습니다. 나만 그런 게 아니었습니다.
같은 습관을 가진 사람이 있었습니다. 나는 그녀를 만났습니다.
진정한 사랑은 현명해서 스스로 자기를 말해 줍니다.
애써 노력하지 않아도 서로에게 자기를 말해 줍니다.

다른 색깔의 또   다 른   나 와   만나고,
그에게서 내 오랜 습관들을 발견하게 되는 사랑.
나는 혼자가   아 니 었 으 며
증거로 오늘 그 사람을 만나고 왔습니다.

언덕을
넘어

　　아무도 알지 못합니다. 언덕 너머에 무엇이 있는지. 알지 못하므로 사랑이 시작됩니다. 사랑해야 언덕을 넘고 무엇이 있는지 알 수 있으니까. 거기 기다리고 있을 두 사람의 미래와 만날 수 있으니까. 손잡고 언덕을 넘는 것입니다. 사랑을 시작하는 것입니다.

사랑하는데도 언덕을 넘지 못하는 연인들이 있습니다. 그것은 슬픈 사랑. 두려움이 지나쳐 걸음을 떼지 못하는 사랑. 언덕 아래에서 길을 돌려 다른 골목으로 향하는 사랑.

그러나 삶은 신기하지.

그 골목에도 언덕은 있고 새로운 그이 역시 반짝이는 눈으로 언덕을 넘자고 설득하게 될 테니 말입니다.

돌아 나온 길에 다시, 언덕입니다.

사 랑 은   그 런   것 입 니 다 .
사랑은 언제나 새로운 언덕 아래에서 시작하는 것입니다.
돌 아 섬 . 혹 은   올 라 섬 의   연 속 .

현명한 연인들은 언덕을 피하지 않습니다.
오르는 일이 힘들고 두려워도 그 길을 포기하지 않습니다.
당신 손을 잡고 언덕을 오릅니다.
사랑이 시작됩니다.

영화

그녀가 손가락으로 내 손등을 쓰다듬으며 묻습니다. "어떤 영화가 좋아?"

가장 먼저 기억나는 영화는 스물한 살 때 본 '델마와 루이스'야. 목적지만 정하고 떠나는 여행. 어디로 흐를지 모르는 여행. 내 여행의 시작이 거기였어. 여행의 끝에서 두 사람은 돌아오지 않지만 이상하게 그들이 슬퍼 보이지 않았어. 1994년에는 '올리브 나무 사이로'라는 영화가 나왔어. 지진으로 인한 죽음과 주소 없이 살아가는 삶 사이에 주인공이 놓여 있었어. 테헤레가 쥐고 있는 건 사랑이라는 단어 하나. 올리브 나무숲으로 사라져 가는 테헤레와 그녀를 쫓아가는 호세인이 참 쓸쓸해 보였어. 서른 살을 앞두고 본 '위대한 레보스키'는 정말 위대한 영화였어. 코엔 형제가 만든 건데 재미있으면서도 많은 이야기를 하고 있어. 내가 영화를 만들게 된다면 이런 영화를 만들고 싶다고 생각했어. 어렸을 때 친한 형이 보여준 영화도 있어. 그때 나는 중학생이어서 이해하기 어려웠는데 그런데도 참 재미있게 봤거든? 1985년에 나온 '웨더비'라는 영화야. 미성년

자는 볼 수 없는 영화였는데 형이 몰래 데리고 들어갔어. 신비로운
영화여서 이야기는 잘 기억나지 않아. 아, 이 영화를 당신이랑 같이
볼 수 있다면 좋겠다. 구할 수 있나 찾아볼게. 스물세 살 때 본 '쉰들
러 리스트'는 내 인생 최고의 영화야. 이 영화 덕분에 스필버그 감
독을 존경하게 되었어. 그가 나중에 은행을 털고 아프리카로 도망
친대도 나는 그를 용서할 준비가 되어 있어. 이 영화 하나로 그 정
도쯤은 용서할 수 있는 거야. '펄프픽션'같은 영화도 좋았지만 아무
래도 이 영화들이 내겐 소중해. 기억하는 것만으로도 참 좋다.

이야기를 마치고 그녀를 봅니다. 그녀가 웃고 있습니다.
"음, 그러니까 테오, 내가 물은 건 지금부터 커피를 다 마시고 어
떤 영화를 보러 갈까 하는 거였어. 그렇지만 영화 이야기도 재미
있네. 내가 태어나던 때의 영화도 있지만. 아까 그 신비로운데
스토리가 기억나지 않는다는 영화 제목이 뭐였지? 구할 수 있겠
어? 같이 보자 우리. 그렇지만 재미없으면 가만 안 둘 거야."
커피 잔이 아직 따뜻합니다. 카페 안은 시간이 흐르는 소리가
들릴 만큼 고요합니다. 그녀는 여전히 내 손등을 쓰다듬고 내
심장의 안쪽으로는 지나간 영화들이 상영되고 있습니다. 가만
히 우리 대화를 엿듣던 옆자리의 남자가 가방을 들고 카페를 나
섭니다. 눈이 감길 만큼 행복한 오후입니다.

커피 잔이 아직 따뜻합니다.

카페 안은

시간이 흐르는 소리가

들릴 만큼

고요합니다.

지휘

　　　"날 지휘해 주길 바라. 리듬에 휩쓸리지 말고 당
신 호흡으로 날 이끌어."
그러기에는 리듬이 너무 강렬해.
"초급 지휘자들이나 노래에 끌리는 거야. 지휘하는 네가 노래
를 이끌어야 해."
나도 모르게 끌리는걸.
"노래에 끌린다면 그게 댄서지 지휘자야?"
노래에 이끌리면 댄서가 되는 거야?
"당연하지. 그래가지고는 좋은 지휘자가 될 수 없어."

그렇다면 난　차 라 리　댄서가 되겠어.
당신 리듬에 맞춰 춤 을　추 고　싶 어 .

날 지휘해 주길 바라.

리듬에 휩쓸리지 말고

당신 호흡으로

날 이끌어.

만나고 싶은
사람

떠오르는 사람 있나요? 지금 이 시간 할 수만 있다면 그 사람을 만나고 싶다. 그 사람과 마주하고 싶다. 그런 사람 있나요? 누굴까요? 당신의 그이는.

나는 생각해요. 당신이 지금 생각하는 그이가 지난 기억 속의 사람이 아니라면 좋겠다. 다시 만날 수 없는, 만나면 안 될, 그런 사람이 아니라면 좋겠다. 지금 당신과 나란히 걷는 사람이거나 곧 당신 앞에 나타나 줄 사람이거나 당신의 긴 그리움을 지켜봐 주는 사람이라면 좋겠다. 누굴까요? 당신의 그이는.

당신은 지금 누구와 만나고 싶은 걸까요?
나는 지금 만나고 싶은 사람을 만나러 갑니다.
당신의 아침도 그러하기를.
그리운 사람과 함께이기를.

나는 지금

만나고 싶은 사람을

만 나 러 갑니다.

소원

　　　　세상에서 가장 아름답고 현명한 사람과 연인이 되는 것. 구름 사이로 하늘 보이는 아침.
내 가　생 각 한　소 원 .

그녀를 만나고 일주일이 지났습니다. 그녀가 고백합니다.
"잠시만 시간을 줄래? 갑자기 당신을 만나느라 아직 하지 못한 일이 남았어."
어떤 일이냐고 묻자 남자친구에 관한 일이라고 대답합니다. 이별을 결정했지만 아직 합의하지 못한 남자친구. 미국에서 음악을 공부하는 그녀의 남자친구가 곧 그녀를 만나러 귀국한다고 합니다.
"전화나 메일로 이별하는 건 미안하니까. 만나서 이야기하려고 해. 그때까지만 잠시 떨어져 있는 게 좋겠어. 괜찮지?"

괜찮을까? 생각해 봅니다. 괜찮을 것 같지가 않습니다. 그렇지만 그녀의 얼굴 앞에서 다른 말을 할 수가 없습니다. 어렵게 미소를 만들고 고개를 끄덕입니다.

괜찮을까요?

나는 그녀를 기다릴 수 있을까요?

그녀의 이별에 변화가 생기진 않을까요?

이대로 그녀와 헤어지게 되는 건 아닐까요?

그녀의 블로그에서 사진을 본 적이 있습니다. 공항에서 남자를 배웅하는 그녀의 모습. 누굴까. 궁금했는데 이제 누군지 알게 되었습니다.

만남에 이유가 없듯 이별에도 이유는 없습니다. 이별하게 되어 이별할 뿐 달리 이유가 있는 건 아닙니다. 사람들이 붙이는 이유들은 모두 필요해서 만든 것일 뿐. 실은 그런 이유 따위 없어도 결국 이별하게 될 사이인 것입니다.

그녀는 자신의 이별이 나와 무관한 것이라고 말해 줍니다.

나는 그녀의 이별이 나로 인한 것이어도 상관없다고 생각합니다. 나로 인해 조금 빨라진대도 괜찮겠다고 생각합니다.

책임은 내가 질게요. 벌 같은 걸 받게 된다면 그것도 내가 받을게요. 당신은 마음이 정한 그 이별을 하세요.

그리고 돌아오세요.

남자의 귀국까지는 두 달이 남았습니다.

구석이 좋을 때가 있습니다. 나는 일부러 방구석에 앉습니다.

무릎을 모으고 고개를 얹습니다. 상투적인 태도로 슬픔을 맞이

합니다.

별일 아니야.

흔한 일이야.

괜찮을 거야.

그 녀 는   돌 아 올   거 야 .

도시

집보다 여행이 좋은 보헤미안의 사내아이가 떠나지 않고 도시에서 살고 있다는 것은?

사랑에 빠졌다는 의미. 다른 이유를 찾을 수 없습니다.
이 비낭만의 도시에서.

바다의 이유

바다가 파란 이유를 알고 있나요? 원래 바다는 투명한 색이었대요. 그런데 어느 순간 하늘을 사랑하게 된 것입니다. 그래서 그만 하늘을 닮게 된 거죠. 온몸으로 하늘을 담아 버린 것입니다.

간혹 흐린 날 바다가 검게 변하는 건 바다와 하늘 사이를 구름이 막아서기 때문입니다. 하늘이 그리워서 가슴이 멍들기 때문입니다. 그렇지만 맑은 날 수평선 너머를 보면 하늘과 바다가 한 몸처럼 섞여 있는 걸 볼 수 있습니다. 진심으로 사랑하면 그렇게 먼 끝까지 닿게 되는 것 같습니다.

혹시, 바다가 파랗게 보이는 이유란 말이지 붉은 빛은 약 18미터까지 내려가면서 완전히 흡수돼 사라져 버리는 반면 파란 계통의 빛은 물밑을 관통해 들어가면서 극히 일부만 흡수된 채 나

머지는 물 분자에 부딪혀 산란하게 되는 것이고, 이렇게 산란된 푸른 빛 때문에 바다가 파랗게 보이는 거야 따위의 설명을 꺼낼 생각이라면 그만하셔도 좋습니다.

제겐 들리지 않습니다. 그러거나 말거나 그게 우리와 무슨 상관입니까? 재미있고 가슴 설레게 살아도 모자란 세상인데 딱딱한 이야기까지 들어야 할 이유가 없습니다. 푸른빛이 물 분자에 부딪히고 산란하고 관통하는 것 따위를 알아야 할 사람이란 그 분야의 직업적 연구자 말고는 없는 것입니다.

'하늘을 사랑해서 온통 푸르게 변해 버린 바다'보다 더 멋진 이유가 아니라면 알 필요가 없습니다. 삶이란 늘 그렇듯 단순하고 낭만적일수록 행복한 법이니까요.

비밀

_____

나비가 이리저리 날고 꽃들이 여러 갈래로 피고 구름이 여기저기 흩어졌다 모이는 이유를 알아요. 여름과 겨울이 번갈아 내리고 비와 눈이 뒤섞여 쏟아지고 고양이가 새소리를 내며 달리는 이유를 알아요.

그것은 바로 내가 사랑에 빠졌기 때문.

열흘쯤 지난 어느 저녁에 그녀에게서 전화가 왔습니다. 목소리에 울음이 섞여 있습니다.

말해요, 괜찮으니까.

괜찮다고 말해주면서 내가 떨기 시작합니다.

무슨 일일까? 어째서 우는 걸까? 정말 괜찮을까?

울기만 할 뿐 아무 말도 하지 못하는 그녀에게 위치를 물어봅니다. 그리고 집을 나섭니다.

가로등이 비추는 골목 입구에 그녀가 있습니다. 화단에 기대 앉아 전화기를 만지고 있습니다. 다가가 어깨를 안아 줍니다. 보고 싶었던 사람. 눈물이 솟아 몸이 떨리지만 애써 참고 그녀를 봅니다. 그녀가 입을 엽니다.

"남자친구한테 전화가 왔어. 자기가 어떻게 지내고 있는지 말해 줬어. 아무렇지 않은 목소리로, 아무 일도 없는 것처럼 이야기했어. 그러다 내가 말을 꺼냈어. 우리 이별, 지금이 좋은 것 같아."

그 사람은 뭐라 그래?

"자기 결정을 후회하고 있대. 한국에서 더 이야기하재. 나는 그러지 않는 게 좋겠다고 말했어. 여기까지가 끝인 것 같다고. 그동안 고마웠다고. 그렇게 말했어, 내가."

말을 마치고 멍한 표정을 짓더니 그녀가 울기 시작합니다. 남자친구가 이별을 말했고 그녀는 천천히 생각해 보기로 했고, 두 사람 사이의 물리적 거리보다 마음이 더 멀어진 걸 확인하고서는 드디어 그녀가 이별을 확정한 것입니다. 계절이 바뀌는 소리를 듣는 것만큼 사랑이 지나가는 소리를 듣는 것도 낯설고 무서운 일입니다.

그녀가 우는 동안 나는 곁에서 그녀를 지켰습니다. 가로등이 꺼져도 좋을 것 같았습니다. 그래도 괜찮겠다고 잠시 생각했습니다.

계절이 바뀌는 소리를 듣는 것만큼

사 랑 이 지 나 가 는 소 리 를 듣 는 것 도

낯설고 무서운 일입니다.

잘된 일입니다. 이것으로 나는 고통스러운 몇 달을 기다리지 않아도 되었으니까. 그녀가 울고 있는 동안 나는 안심하고 있었습니다. 그녀는 오랫동안 울음을 멈추지 않았습니다. 그리고 나는 내 안심이 미안해서 그녀의 눈물을 말릴 수 없었습니다.

어찌할 수 없는 시간이 지 나 가 고   있 었 습 니 다 .

그러는 동안에도 나는 그 녀 의   어 깨 를   감싸고 있었습니다.

나는 그게 참 자랑스러웠습니다.

태엽인형

나는 인형입니다. 사람들이 다가와 만집니다. 이리저리 움직입니다. 그리고 떠납니다. 오래 머물지 않습니다.

당신을 만났습니다. 당신의 눈길이 나를 살핍니다. 많은 사람들이 나를 만지지만 아무도 알아보지 못했습니다. 내 안에 감춰진 비밀. 겉으로 보이지 않는 장치.

당신은 나를 알아봅니다. 부드럽게 나를 살핍니다. 날 흔들어 장치가 내는 소리를 듣습니다. 장치가 설렘에 몸을 떠는 소리를 듣습니다. 그리고 발견합니다. 내 몸에 숨겨진 장치.

태엽.
왼쪽으로 일곱 바퀴 반.

당신은 태엽을 돌립니다. 태엽이 풀리면서 내 안의 장치가 작동합니다. 드디어 나는 움직입니다. 아무에게도 보여 주지 않던 능력을 꺼냅니다.

당신을 위한 작동을 시작합니다.

당신을 사랑하기 시작합니다. 오랫동안 당 신 을   기다렸습니다. 감사해요. 소 중 한   사 람 .   내게 있는 모든 것으로 당신을 사랑하겠습니다. 당신을 위해 작동하겠습니다.

샌프란시스코

그녀가 묻습니다.

"미국은 어때?"

미국은 시시해. 그렇지만 샌프란시스코는 달라. 의미가 있어. 한때 미국이 '꽃들의 시절'로 불렸던 어느 날, 꽃과 평화와 프리섹스를 사랑한 아이들은 모두 머리에 꽃을 꽂고 샌프란시스코로 갔어. 돈을 위해 전쟁에 나섰던 아버지 세대를 용서하며 일렬로 늘어선 총구마다 꽃송이를 꽂아 넣었어. 거기가 샌프란시스코야. 미국이 아름다웠던 거의 마지막 장소.

문화가 무너지고 철학이 부서졌어. 기술이 녹슬었고 기업이 부패했어. 성공을 향한 꿈마저 이주 노동자들에게 빼앗기자 궁지에 몰린 미국은 다시 그들의 재능을 꺼내들었어. 돈을 위해 전쟁을 조성한 거야. 얼굴도 이름도 모르는 남의 나라 사람들을 향해 꽃 대신 총알이 박힌 총부리를 들이댔어. 그것으로 미국의 자본주의는 유

지됐고 그들은 그렇게 마련한 현금을 소비했어. 전쟁을 에너지로. 그리고 자기들 대신 미래의 자손이 벌어야 할 부를 담보로 끝없이 소비했어. 부패한 금융가들은 시민들을 살찌워 도살하기 시작했어. 그 능력에 순위를 매겨 월가를 조성했어. 그리고 더는 시스템이 견디지 못할 즈음 모든 재산을 밖으로 감추고 미국을 떠나기 시작했어. 떠난 거야. 미국의 정신은. 그들의 국민과 절반쯤 아프리카의 영혼을 갖고 태어난 젊은 대통령을 남겨두고서.

그녀가 당황스러운 얼굴로 나를 쳐다봅니다. 나도 그런 그녀의 얼굴을 쳐다봅니다. 이상합니다. 이런 걸 물은 게 아니었나? 아, 여행? 하고 말해 봅니다.
그녀가 대답합니다.
"응. 여행."
미국 여행, 좋지. 비자도 필요 없고. 뉴욕도 재미있고. 또 뭐가 있지? 하여간 미국 좋아. 같이 갈까?

그녀가 주먹으로 내 어깨를   툭.
골목 사이로   바 람 이   지나갑니다.

자물쇠

　　사랑하는 사람을 붙잡고 싶다면 잠그세요. 자물쇠로 서로를 걸어 잠그면 되는 것입니다. 열지 않으면 되는 것입니다. 자물쇠가 보이지 않는다고요? 연인을 잠글 수 있는 자물쇠는 습관입니다. 타고난 습관이 아니라 서로에게 영향 받는 습관. 습관으로 연인을 잠글 수 있습니다. 떠나지 못하게 묶을 수 있습니다.

거리에 쓰레기 버리지 않고
껌 파시는 할머니 그냥 보내지 않고
예쁜 옷이 걸린 쇼윈도 지나치지 않고
붕어빵을 먹고
지하철 환승 경로를 챙기고
서점 데이트를 즐기고
뽀뽀는 만날 때 한 번 헤어질 때 두 번
잠들기 전 노래 불러주기.

그녀를 만나기 위해

아침마다 지하철을 탔습니다.

2시간 40분이 걸렸지만

아깝지 않았습니다.

더 오래여도 좋았을

행복한 시간이었습니다.

하루를 시작하기 전 목소리 들려주기.

그이의 습관. 나의 습관. 서로에게 영향 받은 습관들이 서로를 채웁니다. 없으면 불편하고 강한 결핍을 일으키는 연인의 자물쇠가 완성되는 것입니다.

다른 사람을 만나면 불편할 것이므로. 틀림없이 어색할 것이므로. 몸이 기억하는 습관 까닭에 당신을 잊을 수 없으므로. 떠나지 않게 되는 것입니다. 떠날 수 없는 것입니다. 사랑에 잠기게 되는 것입니다.

연인들은 지금부터 습관을 만드세요.

습관의 자물쇠로 서로의 사랑을 채우세요.

내가 있는 곳은 과천. 그녀가 있는 곳은 강동. 그리고 그녀의 회사는 종로. 서울을 내려다보고 우리의 동선은 크게 삼각형을 그렸습니다.

나는 그녀를 날마다 보고 싶었습니다. 그래서 선택한 방법은 그녀와 함께 출근하기. 나는 출퇴근이 필요 없는 전업 작가였으므로 아침에도 자유로웠습니다. 그녀를 만나기 위해 아침마다 지하철을 탔습니다. 그녀의 집이 있는 지하철역에 먼저 도착해 그녀를 기다렸습니다. 그리고 그녀의 손을 잡고 함께 40분간의 지하철 아침 데이트를 즐겼습니다. 손을 잡기도 하고 등 뒤에 서서 어깨를 감싸기도 했습니다. 사람이 아주 많은 날에는 마주 안고 두근거리며 40분을 다 가기도 했습니다.

과천에서 서울로 이사할 때까지 6개월 동안 나는 하루도 빠짐없이 그녀의 출근과 함께했습니다. 아침마다 지하철을 타고 1시간을 달려 그녀에게로 갔습니다. 매일 아침 기다리는 우리들의 데이트. 마치고 돌아오는 데 2시간 40분이 걸렸지만 아깝지 않았습니다. 책을 읽으며 오갔고 노트와 펜으로 글을 쓰기도 했으니까요.

더 오래여도 좋았을 행 복 한   시간이었습니다.

계약

규칙이 생기기 시작합니다. 다른 이성과 친밀한 공간에 둘만 있지 않겠다는 규칙. 다른 이성과 단둘이 술 마시지 않겠다는 규칙. 그러나 이런 규칙이 잘못 적용되면 구속이 됩니다. 규칙은 서로에게 공평히 적용되어야 합니다. 한 사람의 편함을 위해 설정되어선 안 됩니다. 연인 사이에 설정된 규칙. 그것이 계약입니다. 사랑을 지키기 위한 두 사람만의 약속입니다.

내 손에 그대의 약속을 담습니다.
그대는 다른 사람과 입 맞추지 않을 것이며 둘만의 공간에 몸을 맡기지 않을 것이며 친밀한 언어를 나누지 않을 것이며 그 예쁜 심장을 내어 보이지 않을 것입니다.

그대 손에 나의 약속을 담습니다.

나는 다른 사람과 입 맞추지 않을 것이며 둘만의 공간에 몸을 맡기지 않을 것이며 친밀한 언어를 나누지 않을 것이며 이미 그대를 향해 뛰기 시작한 심장을 열어 보이지 않을 것입니다.

우리는 다른 사람과 사랑을 이야기하지 않을 것입니다.

사랑은 계약입니다.
서로를 지키는 약속입니다.
당신과의 약속을 지키겠습니다.
당신을 사랑하겠습니다.

그녀는 가장 좋은 대학교를 졸업하고 큰 회사에 다니며 많은 연봉을 받았습니다. 사람들이 사랑에 빠질 만한 미소를 지녔으며 누구보다 예쁜 눈과 귀여운 입술을 가졌습니다. 좀처럼 집 밖에 나가지 않는 나와 달리 인권모임이나 재즈클럽, 회사 안의 동호회 활동도 활발히 즐겼습니다. 그런 그녀가 내 눈을 마주보며 이야기합니다.
"이제는 서로를 잠글 차례야. 다른 이성 만나기 없기. 다른 이성이랑 단둘이 영화를 보거나 술 마시기 없기. 할 수 있지?"
나는 웃으며 대답합니다.

당신으로

나를 좀 보호하고 싶어서.

뒤집어쓰니까 편하네.

누가 건드리지도 않고.

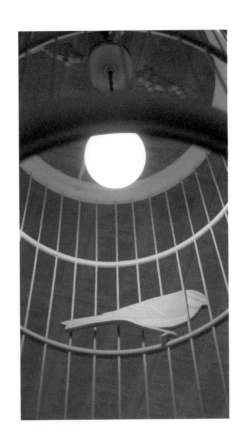

내가 바이면 어떡하려고?

"아닌 거 알아. 그랬더라도 사회화됐나 보지 뭐. 지금 당신은 그냥 남자야."

다시 대답합니다.

그리고 그건 나보다 당신이 더 손해 같은데? 만나자는 사람도 영화 보자는 사람도 나보다는 당신이 더 많을 거잖아. 정말 괜찮겠어요?

그녀가 여전히 내 눈을 보며 말합니다.

"그래서 잠그는 거야. 당신이 불편해할까 봐."

이후로 나는 그녀의 손을 잡고 인권모임에도 재즈클럽에도 함께 갔습니다. 회사 사람들이 모이는 파티도 종종 함께 즐겼습니다. 어떤 사람을 만나러 가는지 언제 돌아오는지 늘 서로에게 말해 줬습니다. 간섭이나 구속이 될 수도 있을 규칙이 우리에게는 반가운 선물처럼 다뤄졌습니다.

함께 인권모임을 마치고 돌아오던 날 장난처럼 물어봅니다.

내가 혹시 속 좁아 보여서 이러는 거야?

그녀가 대답합니다.

"그건 아니고. 당신으로 나를 좀 보호하고 싶어서. 뒤집어쓰니까 편하네. 누가 건드리지도 않고."

비밀의   레시피

나는 당신을 행복하게 만드는 여러 가지 방법을 알고 있습니다. 연구했거든요. 고전을 뒤지고 자료를 검색하고 사람들의 유행을 살펴 500가지도 넘게 찾아 놓았습니다. 하지만 그 방법들을 제대로 사용할 줄은 모릅니다.

그것들은 까마득히 먼 고대의 구전 비법과도 같아서 조금만 배합이 어긋나거나 재료의 숙성이 달라져도 곤란한 결과를 만듭니다. 다루기가 힘이 듭니다.

사랑하는 사람을 행복하게 해주는 비결을 알고 있으면서 그 기술을 제대로 다룰 줄 모르는 사람의 처지란 마땅히 슬퍼야 하겠지만 나는 슬프지 않습니다. 당신을 행복하게 해주는 많은 방법을 알고 있는데도 그중 어느 것 하나 온전히 사용할 수 없지만 슬프지 않습니다. 왜냐하면 비결을 알고 있는 것만으로도 이미 효능은 유효하니까.

애써 조제하지 않아도, 뭔가 섞고 끓이지 않아도, 그늘에 누이고 바람에 말리고 그렇게 법석을 떨지 않아도 벌써 당신께 유효한 비밀의 레시피.

500개째의 비법을 찾아 종이에 적으면서 당신을 향해 설레는 마음. 당신을 행복하게 해주고 싶어서 온 세상 모든 비결을 찾아 숲을 헤치는 떨림. 그 순간부터 이미 효력은 시작됩니다. 당신을 행복하게 만드는 비밀의 레시피.

비법을 찾아 나서는 마음으로 당신의 일상을 살핍니다. 당신의 호흡, 습관, 고민, 쓸쓸함의 이유를 살핍니다. 그리고 발견합니다. 기록합니다. 그런다고 해서 달리 어쩔 방법도 없지만 그렇게 살피는 것만으로도 당신은 이미 행복해지기 시작합니다. 비밀의 레시피입니다.

똑똑하고 아름다운 그녀였지만 한 가지 갖지 못한 게 있었습니다. 부모님으로부터의 자기결정권. 움직일 때마다 뭔가 부딪혀 깨지고 여행을 가도 어딘가에서 떨어져 다치는 그녀였으므로 나이와 상관없이 부모님의 보호로부터 늘 자유롭지 못했습니다. 태어날 때도 인큐베이터의 도움을 받아야 했던 그녀가 자기 결정대로 남자를 만나는 일은 특별히 더 어려운 일이었습니다. 나는 그녀의 부모님에게 안정을 주는 남자가 아니었습니다. 1년의 절반씩을 여행하는 직업만으로도 충분히 불편했을 것입

당신을 행복하게 해주고 싶어서

온 세상 모든 비결을 찾아

숲을 헤치는 떨림.

그 순간부터 이미 효력은 시작됩니다.

당신을 행복하게 만드는

비밀의 레시피.

니다. 하물며 손꼽아 따져봤더니 나는 열 손가락으로도 모자랄
만큼 결격이 많은 남자였습니다.

모든 연애는 끝이 납니다. 이별 혹은 결혼의 방식으로.

결혼 역시 새로운 관계가 되는 것일 뿐 연애와는 다릅니다. 결
혼은 우리들의 선택이며 부모님께는 알려드리는 것이지 허락
받는 것이 아니라고 생각했지만 안타깝게도 그걸 선언하는 것
역시 부모님의 권한이었습니다.

최소한 우리들 앞에 놓인 현실은 그랬습니다. 이대로 이별하지
도 않고 결혼하지도 않고 연애만 할 수는 없는 걸까. 잠시 생각
하다 머리를 흔듭니다. 허락받지 못할 것이 두려워 평생 몰래
연애만 할 수는 없는 일이었습니다.

우리는 포기하지 않고 그녀의 부모님을 설득하기 위한 방법을
고민했습니다. 그러다 문득 그녀가 날 안으며 속삭입니다.

"힘든 거 알고 시작한 사랑이니까 내가 당신 지킬 거야. 책임지
우지 않을 거야. 슬프게 만들지 않을 거야. 약속할게요. 겁먹지
않아도 좋아."

내가 당신 지킬 거야. 겁먹지 않아도 좋아.

그녀가 해준 말이 좀처럼 실감나지 않습니다.

그녀의 목소리가 계속해서 들립니다.

"어떤 일이 생겨도 당신을 평온하게 만들어 줄 거야."

생각하지 못했던 단어입니다. 평온이라니. 그녀의 약속이 내 안에 새겨집니다. 나는 평온할 것입니다. 그녀가 내 평온을 조성할 것입니다. 바람이 불어와 내 들뜬 이마를 만지는 느낌이 들었습니다. 그녀의 약속이 불안한 마음을 쓰다듬자 나는 조용히 안심하기 시작했습니다.

나 역시 다짐합니다.

어떤 일이 생겨도 후회하지 않겠어. 당신을 미워하지 않겠어. 이 사랑을 지 우 지   않 겠 어 .

힘들게 시작하는 연인에게도 희망이 있습니다. 사랑이 설계하는 희망입니다. 그녀의 약속에 나의 다짐이 더해져 우리는 풍요롭게 서로를 보호합니다. 행복한 사랑입니다.

원더풀
오늘 밤

그대 손을 잡고 세상에 들어섭니다. 모두가 나를 봅니다. 빛나는 당신이 아니라 나를 쳐다보는 이유.

누굴까 저 여자의 남자는.

사랑은 존경입니다. 존경하는 사람이어야 사랑이 시작됩니다. 그게 아니라면 사랑이 아닙니다. 그저 색깔만 비슷한 유사마음. 이를테면 호기심, 동정, 예의 같은 감정들.

나는 당신의 선한 마음과 지혜로운 눈빛을 존경합니다. 그러나 나는 당신께 존경받을 만한 어떤 것도 갖고 있지 못했습니다. 그래서 부끄러워지는 찰나 당신이 다가옵니다. 나를 매만져 오랫동안 잠겨 있던 문을 열고 반짝이는 돌 하나를 찾아냅니다.

당신이 옳았습니다. 나는 좋은 것을 가지고 있었습니다. 내 얼굴, 내 웃는 모습, 내 목소리, 내가 옷을 입는 방식, 말하는 습관들을 창피하게 생각할 필요가 없었습니다. 내가 쓴 글과 거둔 사진들을 부끄러워할 필요가 없었습니다.

호기심도 아니고 동정도 아니고 예의를 지키기 위해서도 아니고 오로지 사랑. 내 안의 좋은 것을 찾아 반짝거리게 닦아 놓고서 진심으로 나를 존경하기 시작했습니다. 그것이 당신이 나를 사랑한 방식이었습니다.

나는 본디 나서기 부끄러워하는 사람이었는데 당신 손에 이끌려 문을 열었습니다. 문이 열리자 들려오는 노래. 빛나는 당신과 당신으로 인해 빛나는 내가 손잡고 파티에 참여합니다. 우리로 인해 파티가 조금 더 반짝입니다. 세상은 살아 볼 가치가 있는 이벤트. 굳이 거절할 필요가 없는 파티였습니다.

당신은 내 안에 숨은 보석을 꺼내 가슴에 달아준 사람입니다. 거기 주목하고 칭 찬 하 고   입   맞 춘   사람입니다. 고 맙 습 니 다 .   사랑합니다.

흥겨워

당신을 만나고 돌아오는 길.
엉덩이춤이 춰지죠.

남이 본들 무슨 상관일까요.
이 렇 게   좋 은 데 .
이 렇 게   행 복 한 데 .

당신의 　　동화

　　사랑한다는 건 이런 것입니다. 살아온 날들을 섞고 서로의 내일을 묶어 꿈같은 동화 한 편 써내는 일.

모든 동화가 그렇듯 거기 들어서면 실은 잔혹한 일상이 펼쳐집니다. 백설공주는 독 사과를 먹어야 하고 왕자는 마녀와 싸워야 합니다. 탑에 갇히면 오랫동안 잠들어야 하고 기사는 용을 죽이거나 찌를 듯 높은 성벽을 기어서 올라가야 합니다.

그래서 많은 연인들이 동화 쓰기를 포기합니다. 펜을 필통에 꽂고 지우개를 서랍에 넣고 다시 꺼내지 않습니다. 세상에 아름다운 동화가 손에 꼽을 듯 몇 편 되지 않는 이유가 이것입니다.

사랑하는 일은 날마다 시들어 가는 꽃을 웃으며 지켜보는 것과도 비슷합니다. 서로의 결핍이 보이고 맺어지기 어려운 이유들이 등장하고 참아야 할 것들이 많아져서 드디어 싸우기 시작합

니다. 빛나는 보석반지에 상처를 입고 그만 반지를 빼고 싶어지
기도 합니다.

먼지 묻은 인형처럼 시시해진 사랑.

그래도 우리는 그 인형을 안고 남은 동화를 향해 걸어가야 합
니다.

동화의 끝에 도달해야 합니다.

사랑이 이렇다는 걸 알고 있지만 나는 그것이 두렵지 않습니다.

대부분의 동화는 결국 아름다운 이야기로 끝나니까.

마녀에게 괴롭힘을 당하고 용에게 깨물려도 결국 왕자와 공주
는 오랫동안 행복하게 살아갈 것이니까 말입니다.

제상에서 가장 반짝이는 날의 오후에 당신을 만나겠습니다.

당신을 만나 노트를 펼치고

동화의 첫 문장을 시작해 보겠습니다.

친구들

　　　　그녀의 친구들과 함께 커피를 즐기는 자리. 즐거
운 표정의 친구 한 명이 이야기합니다.

이 아이 첫 번째 남자친구는 노래를 불렀어요. 두 번째 남자친
구는 노래를 만들었고요. 세 번째 남자친구는 책에 미친 사람이
더니 결국 네 번째로 테오를 데리고 왔네요. 책 쓰는 남자.

그녀가 손을 젓습니다.

"그 사람은 남자친구가 아냐. 테오가 세 번째라고."

일부러 상심한 얼굴로 그녀들에게 말합니다.

첫 번째 아닌 건 알고 있지만 그래도 강조할 필요는 없잖아요.

그렇군요. 나는 세 번째였어요. 네 번째가 아니라 다행입니다?

친구가 다시 웃으며 이야기합니다.

"얘 나이가 몇 갠데요. 세 번째면 정말 영광이죠. 둘이 잘될 거
라고 축하해 주는 거예요. 테오는 패턴상 이 아이 남자친구가
틀림없으니까요."

웃음이 끊이지 않습니다. 여고동창생들의 파티.
그녀의 곁에 앉아 있습니다.
틀 림 없 이   나 는   그녀의 남자친구입니다.

기도

　　소원이 생겼습니다. 지금합니다. 당장 이뤄져야 할 소원입니다. 그런데 달리 내가 할 일이 없습니다. 이럴 땐 어떻게? 그렇죠, 기도가 최고입니다.

기도가 시작되었습니다. 눈을 감습니다. 그런데 조금 억울합니다. 눈을 부릅뜨고 하늘을 향해 주먹을 휘두릅니다.

이봐요 영감. 정말 너무하는 거 아냐? 어떻게 나한테 이럴 수 있죠?

"무슨 소리야? 이건 너랑 상관없는 일이야."

상관이 왜 없어요. 그녀는 내 애인인데. 영감이랑 나랑 나눈 이야기도 있고. 이거 빨리 해결해 줘요.

"나눈 이야기? 있지. 아마존에 빵공장 만들기로 한 거. 그거 어떻게 됐어? 영 소식이 없네?"

아 왜 그래요! 그게 뭐 며칠 만에 뚝딱 되는 일이에요? 내가 영감인가? 막 일주일 만에 세상 창조하고 그러나? 알겠어요. 만

듭니다. 내가 만드니까요, 대신 내 호흡대로 갑시다. 뭐가 급해서 이런 걸로 흥정을 쳐요?

"믿을 수 없어. 넌 빵공장 같은 걸 할 놈이 아냐. 좀 더 많은 증거와 헌신이 필요해."

이런 젠장. 하겠다는데도 그러네? 무슨 신이 성격이 그래요? 그녀가 입원했잖아요. 수술도 할 거라잖아요. 일단 내가 원하는 걸 내놔요. 그럼 빵공장 말고도 영감이 좋아하는 걸 다 할 테니. 우선 좀 내가 원하는 걸 들어주시죠?

"너는 매번 조건이 붙어. 그런 식으로는 곤란해."

너무하는데? 조건 없이 현찰로 주고받자는 얘기예요? 나한테 그런 게 어디 있어! 빵공장은 시간이 좀 걸린다니까? 이번 소원만 들어주면 내 간이라도 잘라 드릴 테니 제발요! 좀!

기도는 길어지고 그녀에게선 소식이 없습니다. 새벽은 아직 멀고 숨 쉴 공기가 부족한지 나는 좀처럼 숨을 쉬지 못합니다. 그렇게 밤새 나의 기도는 계속되었습니다.

띵띵 소리에 정신이 듭니다. 그녀의 언니에게서 문자가 왔습니다.

결과가 좋게 나왔대. 안심해도 좋아요.

귓가에 영감의 목소리가 들려옵니다.

"좋냐? 간은?"

특이한 신입니다. 앞으로는 기도 대상을 부처님이나 제우스 쪽
으로 바꿀 필요가 있을 것 같습니다. 그렇지만 뭐 소원은 이루
어졌으니까요. 나 역시 약속을 지켰습니다. '사랑의 장기 기증
운동본부'에 '간'을 포함한 기증 동의서를 제출했습니다.

그리고 모처럼 눈을 감았습니다. 손도 모았습니다. 자세를 갖춘
기도입니다.

그래서 말인데요. 내가 교회 간 지도 오래고 성당 간 지도 오래
고 절은 언제 갔는지 기억도 안 나고 뭐 좀 그렇지만. 그래서 이
런 말하기 미안하지만. 고맙다고요.

수술이 끝났습니다.

그 녀 는   무 사 합 니 다 .

날개　손의
비밀

　　지금부터 세상에 알려지지 않은 비밀스러운 이
야기를 들려줄게요. 당신을 위해. 당신을 발견한 나를 위해. 그
리고 우리에게 있을지 모를 뜻밖의 행운을 위해서 말입니다.

이건 하늘나라에서 가장 유명한 천사 미카엘로부터 직접 들은 이
야기예요. 의심할 필요가 없어요. 그를 만나기 위해서 내가 하늘
위 일곱 번째 층까지 날아갔던 건 아닙니다. 그가 와준 거예요. 지
금부터 들려줄 이야기를 내게 전하기 위해서 말이지요.
미카엘은 말했어요. 한 번도 만난 적 없는 사람과 어느 순간 스치
고 대화하고 마음을 나누게 되는 건 기적이라고. 천국이 준비한 선
물이라고. 굉장하죠? 당신과 내가 만난 일이 기적처럼 놀라운 천
국의 선물이래요.
미카엘은 말했어요. 사랑하기로 정해진 두 사람이 만나는 순간 서
로의 어깨 위로 천사들 눈에만 보이는 날개가 솟아난다고. 날개의

끝은 꼭 손처럼 생겼다고. 두 사람이 대화를 시작하면 하얀 날개의 끝, 손처럼 생긴 그 부분이 서로의 머리를 쓰다듬기 시작한다고. 두 사람이 아직 어색한 대화만 나누는 동안에도 어깨 위로는 저렇게나 놀라운 일이 일어난다고.

대화를 나누는 두 사람과 그들의 어깨 위로 솟아나 서로의 머리를 어루만지는 날개 손.

물론 미카엘이 '서로의 머리를 쓰다듬는다' 식으로 정확히 말한 건 아니에요. 들은 대로 표현하는 일이 너무 어려워서 이해하기 쉽게 설명했을 뿐입니다. 힘들지만 미카엘의 말을 그대로 옮겨 볼게요.

"사랑하기로 정해져 있는 두 사람이 만나면 투명한 진심이 드러난다.(투명한 진심이라니 내가 제대로 들은 걸까요?) 그 진심이 서로의 가슴에 닿으면 드디어 기적이 시작되는 것이다. 천국이 웃을 때처럼 말이지.(이건 분명해요. 미카엘은 천국이 웃는다고 표현했어요.) 그 순간 두 사람은 행복을 예감하고, 등 뒤에 숨은 깃털이 흔들리고, 흔들리는 깃털이 서로의 미소를 느끼고, 드디어 깃털 사이로 하얀 날개 손이 솟아오르는 거란다.(솟아오르는 것인지 아니면 생겨나는 것인지 잘 모르겠어요. 미카엘은 이 부분을 '엘리마이'라고 발음했어요.) 두 사람의 날개 손이 서로의 머리를 쓰다듬으며 나누는 축복. 그것이 천국이 주는 선물. 사랑이 시작되는 순간이란다."

미카엘은 수다쟁이였어요. 이후에도 분주하게 말을 계속했지만 좀처럼 알아들을 수 없었어요. 천국이 웃을 때라니. 도대체 무슨 말일까요?

명쾌하게 이해한 것은 하나. 사랑이 기적이라는 사실이에요. 사람이 사람을 만나는 일이 천국으로부터 온 선물이라는 거죠. 그리고 저 긴 수다를 들으면서 내 마음속에 정돈된 이미지는 '기적처럼 날개가 솟아 서로의 머리를 쓰다듬는다'였어요. 눈으로 볼 수는 없겠지만 생각만으로도 나른하고 기분이 좋아지는 장면이에요. 정말 사랑은 어깨 위로 날개가 돋은 것처럼 사람을 날아오르게 하잖아요. 당신을 생각하는 내 기분도 지금 그러하니까. 미카엘이 수다쟁이인 건 맞지만 거짓말쟁이는 아닌가 봐요.

하얀 날개 손으로 서로를 확인하고.
사랑스럽게 머리를 어루만지고.

당신의 존재 자체가 기적인지 당신을 만난 일이 기적인지 그건 잘 모르겠지만, 어쨌든 당신을 생각하면 등 뒤로 날개가 솟고 당신 곁으로 날아가고 싶고 당신과 대화하고 싶어지니까 미카엘의 말이 사실이라고 믿어지는 것입니다. 당신을 만난 기쁨을 생각하면 수다쟁이 천사 미카엘의 말을 모두 믿을 수밖에 없는 거예요, 나는.
당신은 어때요? 미카엘의 말을 믿어요? 나를 만난 일이 기적이라고

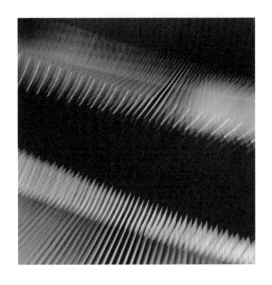

미카엘은 말했어요.

한 번도 만난 적 없는 사람과 어느 순간 스치고

대화하고 마음을 나누게 되는 건 기적이라고.

천국이 준비한 선물이라고.

굉장하죠?

당신과 내가 만난 일이 기적처럼 놀라운

천국의 선물이래요.

느껴요? 등 뒤로 날개가 솟아나는 것 같아요? 날개 손이 서로를 어루만지는 기분이 들어요? 나를 만나서 참 다행이라고 생각해요? 나는 말이죠. 정말이지 그렇다고 생각합니다.

와인 반 병에 취해 무작정 지어낸 이야기였습니다. 취한 까닭에 말도 느렸죠. 시간이 오래 걸렸어요. 이야기를 마치자 그녀가 고개를 끄덕이며 대답합니다.
"나도요. 그렇다고 생각합니다."

보이면 좋겠다.
나의 날개와 당신의 날개가.
날개끼리 서로 보듬는 모습이.
보이면 좋겠어. 그치?

"응. 그러면 좋겠어. 정말."

펭귄입니까?

1.

내가 아주 사랑스러운 이야기를 해줄까?

2.

아프리카에도 펭귄이 살아요. 남아공 케이프타운의 볼더스 해변에는 자카드 펭귄이 살고 있습니다.

3.

자카드 펭귄의 특징은 사랑입니다. 어째서 사랑인지 궁금합니까? 간단합니다. 그들은 오직 당신하고만 사랑하기 때문입니다. 세상에 오직 하나, 당신하고만. 둘도 셋도 아닌 그대하고만 사랑에 빠지기 때문입니다. 그대가 어떤 존재인지 중요하지 않습니다. 그대가 내 연인이라면 그것으로 충분. 더 멋진 펭귄이 유혹한대도 흔들리지 않습니다.

4.

내게는 그대가 있고 그대에게는 내가 있습니다.

그대밖에는 보이지 않습니다.

당신 말고는 사랑할 수 없습니다.

내 사랑은 하나뿐.

그 사랑이 향한 곳은 당신의 가슴입니다.

5.

잊지 말아요 그대. 우리는 펭귄입니다. 하나의 연인 말고는 사랑할 수 없는. 그대하고만 사랑 나눌 수 있는. 우리는 아프리카의 자카드 펭귄입니다. 단 하나의 사랑을 나누는 자카드 펭귄입니다.

6.

아프리카의 펭귄은 놀러온 펭귄이 아닙니다. 원산지가 자그마치 아프리카인 펭귄들입니다. 그러나 내가 놀란 것은 그들의 고향이 아니었습니다. 방식. 그들이 사랑하는 방법. 자카드 펭귄들의 사랑법이 나를 놀라게 했습니다. 해변을 지키는 관리인이 목소리를 낮춰 말해 줍니다. 자카드 펭귄은 연인이 하나예요. 오직 한 마리의 펭귄하고만 사랑을 해요. 아무리 멋진 펭귄이 나타

나도 고개 돌리지 않아요. 둘끼리만 안아 주고 둘끼리만 키스를 해요. 어느 한쪽이 죽을 때까지 그들의 사랑은 계속되지요.

7.
당신께 고백합니다. 당신을 사랑합니다. 아프리카에서 배운 방법대로 당신 앞에서 한 마리 펭귄처럼. 누구에게도 유혹받지 않고 당신을 사랑하겠습니다.

사랑이 지나가는 소리가 들립니다. 그런데 나는 아직 당신의 처음에서 떠나지 못합니다. 시작도 안 한 사랑이니까 도무지 놓을 수가 없는 것입니다.

당신을 내릴 수 있다면 좋겠습니다.

이제 그만 당신을 잃을 수 있다면 좋겠습니다.

2

이
별

시시한
세상

언젠가 말한 적 있죠? 세상이 시시했다고. 시시한 일요일 오후에 시시한 커피를 마시고 시시한 자세로 누워 시시한 영화를 봤다고. 그러다 생각했다고.

별거 아니잖아? 사는 거 말이야.

이런 일상이 바뀐 거예요. 당신을 만난 이후로. 시시해 보이던 세상 속에서 당신이 보인 거예요. 빛나는 당신을 발견한 거예요. 나는 소리쳤어요. 정말 멋진데?

세상은 시시하지만   당신 이   특 별 합 니 다 .
당 신 이   특 별 하 니 까   내 삶도 특별해집니다.

오늘이 특별해지고 다음 하루가 특별해지고 그렇게 하루씩이 변해 온 삶이 특별해지고 있습니다. 그러다 생각합니다.

당신은 특별한데 세상이 특별하지 않아서.

이런 세상에서 당신을 사랑할 수밖에 없어서. 미안합니다.

시시해 보이던 세상 속에서

당신이 보인 거예요.

빛나는 당신을 발견한 거예요.

연료

　　나는 처음부터 연료가 모자란 사람이었습니다. 사랑을 아껴야 하는, 아무나 사랑할 수 없는, 마음껏 사랑할 수 없는 그런 조건을 가진 남자였습니다. 한 번 주입된 연료로 평생을 사랑해야 하는 제한적 주행거리의 인생을 살고 있는 남자였습니다. 그런 남자가 여자를 만났습니다. 당신을 만났습니다.

손잡이를 돌리면 사랑이 시작됩니다.

그녀를 만났을 때 나는 망설이지 않고 연료통 입구의 손잡이를 돌렸습니다. 뻑뻑해서 잘 돌아가지 않는 손잡이를 망치로 두드려 가며 열었습니다. 모서리가 조금 부서져서 다시 잠길 것 같지 않아 두려웠지만 멈추지 않았습니다. 있는 힘을 다해 망치로 내려치고 손바닥에 상처가 날 만큼 힘을 주어 손잡이를 돌렸습니다. 나는 시간을 두고 조금씩 흘리는 방식으로 연료를 사용하지 않았습니다. 모두 열어 한 번에 연소하는 방식으로 사랑을 시작했습니다.

그녀를 사랑했습니다.

선

"소개팅하래. 계속 싫다고 그랬는데 한 번은 해야 할 것 같아. 엄마가 자꾸 화를 내. 스물아홉 살인데 연애도 안 한다고."

대답할 말이 생각나지 않습니다.

"나한테는 테오 있는데. 그치? 애인 있는데."

장난처럼 웃으며 이야기하던 그녀가 문득 쓸쓸한 표정을 짓더니 말을 잇습니다.

"내가 생각해 봤는데. 일단 소개팅을 하는 거야. 그다음 그 사람을 종종 만나는 거지. 그럼 소개팅하라고 더 괴롭히지 않을 테고 연애 안 한다고 잔소리하지 않을 테고. 어때? 그 사람이랑은 그냥 친구처럼 만나면서 시간을 버는 거야."

시 간 을 버 는 거 야 .

고시에 합격을 하거나 직업을 바꾸거나 아니면 돈을 벌거나. 그런 식의 마땅한 계획 같은 것도 없으면서 우리는 시간을 벌고 싶었습니다. 만남을 허락받을 수 없으므로 시간을 미루는 것 말고는 다른 방법이 떠오르지 않았기 때문입니다.

그러면 소개팅 남자한테 미안하지 않을까?

"아무에게도 미안하지 않아. 누군가에게 미안해야 한다면 그건 우리야. 우리한테는 미안해요. 테오야. 미안해. 정말 미안해."

언젠가 '우리 손잡고 도망칠까?'를 시작으로 수없는 방법들을 고민한 적이 있었습니다.

그녀가 비혼을 선언하고 평생 연애만 한다. 내가 잠시 회사에 들어간 후 결혼하고 나서 다시 작가로 돌아온다. 나이도 속이고 이런저런 신상들도 그녀 부모님의 취향에 맞게 꾸민다. 이것도 저것도 아니면 무작정 둘이 결혼을 하고 아이를 낳고 백일 초대장을 보낸다.

이렇게 웃고 박수 치며 수다를 떨고 나서 더욱 깊이 쓸쓸해졌던 기억. 애초에 저런 용기들을 낼 수 있다면 걱정할 필요도 없는 우리였으니까. 긴 이야기 끝에 우리는 결정합니다.

일단은 시간을 번다. 그리고 어느 주말 오후 그녀의 부모님을 만나기로 한다. 최선을 다해 설득하고 결과에 따르기로 한다.

그것이 이별이래도 우리는 받아들인다. 그 대신 결코 쉽게 물러서지 않는다. 무릎을 꿇어도 좋고 울어도 좋고 어떻게든 부모님을 설득하기 위해 최선을 다하기로 한다.

그녀의 소개팅 날. 우리는 카페에 앉아 있습니다. 커피는 벌써식은 지 오래입니다. 그녀가 소개팅 남자에 대해 말해줍니다.

"아버지가 회사를 만들었대. 그 회사에서 일한대. 회사가 제법큰가 봐. 그래도 막 놀고 그러지는 않았대. 똑똑하고 친절한 사람이래. 그런데 그런 걸 어른들이 어떻게 알겠어? 밖에서 보는모습은 다를 수 있는 겁니다."

그녀의 이야기가 귀에 들어오지 않습니다. 내 얼굴을 살피던 그녀가 두 손으로 내 뺨을 잡고 작은 소리로 이야기합니다.

"남자친구님. 갔다 올게요. 우리 아버지랑 친한 사람 아들이라피할 방법이 없어. 한 번은 해드려야 우리가 편해. 알았지?"

카페는 분주하고 먼 테이블에서는 어떤 연인의 싸우는 소리가들립니다. 그녀가 내게 입을 맞춥니다. 달콤한 키스입니다. 우주가 조금 무너지는 느낌이 들지만 나는 생각합니다.

괜찮을 거야. 우리에게 슬픈 일은 생기지 않을 거야.

우 리 는

카페에 앉아 있습니다.

커 피 는 벌 써 식 은 지

오래입니다.

남자가   여자를
잃지 않는 방법

남자는 여자가 마음에 듭니다. 좋아지기 시작합니다. 그리고 사랑에 빠집니다. 어느 날 용기 내어 고백합니다. 당신을 사랑한다고. 내 사랑을 받아 달라고.

여자도 남자가 싫지 않습니다. 그를 바라보기 시작합니다. 그리고 사랑에 빠집니다. 기쁜 마음으로 고백합니다. 당신을 사랑한다고. 당신의 사랑에 감사한다고.

여자의 사랑이 깊어집니다. 마음속이 남자로 가득합니다. 그를 사랑합니다. 다른 사람은 생각하지 않습니다.

남자에게 사랑은 일상이 됩니다. 우선순위에서 조금씩 밀리기 시작합니다. 그래도 된다고 느낍니다. 여자의 사랑을 당연한 것으로 여깁니다. 당연히 오는 것이므로 노력할 필요가 없습니다.

노력이 사라지고 배려가 사라집니다. 배려가 사라지고 관심이 사라집니다. 그녀가 사라지기 시작합니다.

여자가 남자에게 묻습니다. 사랑이 어째서 달라졌는지. 그리고 그와 나눴던 처음 사랑을 그리워하기 시작합니다.

남자는 여자가 조금 귀찮습니다. 사랑이 변한 것이 아니라 익숙해졌을 뿐입니다. 그녀를 사랑하지 않는 것이 아니라 표현이 줄었을 뿐입니다. 여자의 사랑하는 방식이 유치하다고 느낍니다. 그래서 충고합니다. 당신도 나처럼 적응하라고. 일상 같은 사랑에 익숙해지라고.

여자는 깨닫습니다. 자신의 외로움에 관하여.
그리고 떠납니다. 자신을 쓸쓸하게 만든 남자로부터.

남자도 깨닫습니다. 그녀의 자리가 가졌던 크기에 관하여.
그리고 슬퍼합니다. 그녀를 떠나게 만든 자기를 원망하면서.

뒤늦게 후회하지만 그녀는 돌아오지 않습니다.
이 지겨운 남자들의 습관.

지금부터 그녀를 잃지 않는 방법에 관해 알려드릴게요.
아주 간단합니다. 누구든 할 수 있습니다.

날마다 그녀와   사 랑 에   빠 지 십 시 오 .

그녀가 좋아하는 영화를 예매하고.
종이 편지지에 못 쓴 글씨로 시를 적어 선물하고.
전화로 한 시간 넘게 수다를 떨고.
테이블이 하나밖에 없는 카페를 예약하고.
누운 그녀의 이마에 키스하고.

볼 때마다 그녀에게   새 롭 게   반 하 십 시 오 .

아침에 일어나 그녀에게 첫 문자를 보내고.
그녀 근처로 달려가 점심식사를 함께하고.
보고 싶다고 하루에 세 번쯤은 말하고.
새끼손가락 첫째 마디에서 새롭게 그녀의 예쁨을 찾아내고.

비누 냄새. 나는 그녀의 이마에 오래오래 입 맞추고.
처음 하는 고백처럼 사랑한다 말하고.

지속되는 연애의 과정에서 어떻게 그럴 수 있냐고 묻는다면 이미 당신은 그녀를 보낼 첫 번째 단계에 들어선 것입니다.
사랑은 결국 마음입니다. 그녀의 인내에는 한계가 있습니다. 건조해진 사랑 위에 그녀가 서 있는 걸 새로운 남자가 발견하는 건 당연한 일입니다. 슬픈 그녀를 위로하며 당신보다 훨씬 유리한 자리에서 그녀에게 사랑을 고백할 것입니다.

그녀와 영원히 사랑에 빠지고 싶습니까?
매일 아침 그녀와 사랑에 빠지세요.
그녀 역시 그런 당신에게 새롭게 반할 테니까요.

배웅

그녀를 집에 보내고 돌아오다 뒤를 봅니다.
아무도 없습니다.

곁에 아무도 없는 시간입니다.

쓸쓸함은 익숙해지지 않는 감정입니다.
좀처럼 나의 것이 되지 않습니다.
생각할 필요도 없이 이 고독으로부터 탈출합니다.
당신을 그리워하는 방식으로.

당신은 단 하루 만에 습관이 된 사람입니다.
당신을 사랑하는 걸 나는 멈출 수가 없습니다.

곁에   아 무 도 없 는   시간입니다.

영원히 사랑하는
방법

그녀에게 고백합니다. 당신을 오래 사랑할게.
그녀가 묻습니다. 오래? 영원이 아니고?

영원이 아니고 오래입니다. 영원한 사랑을 고백하는 사람들이
있지만 그것은 잘못된 생각입니다. 하는 사람도 받는 사람도 그
럴 리 없다는 걸 알면서 나누는 고백입니다. 세상에 영원한 것
은 없다는 걸 우리는 모두 알고 있습니다.

수많은 연인들이 서로를 잃게 되는 이유.
다른 사람과 사랑에 빠지는 이유.
사랑은 영원하지 않다는 사실.
그걸 잊고서 영원한 사랑을 고백해 버리니까.

그녀에게 말해 줍니다.

오래 사랑하는 거야. 영원은 믿을 수 없어. 오래 사랑하고. 다시
또 오래 사랑하고. 그렇게 오래오래 계속하는 거야. 오래오래 계
속계속 당신을 만나는 거야. 영원히 사랑한다는 거짓말 대신 나
는 그렇게 당신을 오래오래 사랑할 거야. 영원하진 않지만 오래
오래. 당신을 떠나지 않고 오래오래.

그녀가 말합니다. 간단하네.

간단하지. 하고 대답합니다.

그녀를 바라봅니다.

그녀와 나 오래오래 사랑하기를 바라면서.

계속계속 행복하기를 바라면서.

위험합니다

두 사람이 걷습니다. 나란히 걷다 때로 멀어지고 길이 엉키기도 합니다. 그래도 사랑하니까. 두 사람은 행복합니다.

어느 순간 서로는 깨닫습니다. 마주보고 있었음을. 너무 오래 마주보고 걸었음을. 서로에게 고정된 시선을 풀자 주변이 보이기 시작합니다. 그들에게 부여된 의무가 보이고 책임질 사람들이 보이기 시작합니다. 그리고 슬퍼집니다.

마주보기만 해서는 앞으로 나갈 수 없습니다.
이제야 그걸 깨닫습니다.
아무것도 책임지지 못합니다.
그래서 슬퍼집니다.

처음에는 서로에게 의지하는 것이 사랑인 줄 알았습니다.
기댈 수 있는 사랑이야말로 위대한 것이라 생각했습니다.
사랑만으로 전부일 줄 알았습니다. 서로의 얼굴에 시선을 고정
하고 마음을 의지했습니다. 몸을 기댔습니다. 그렇게 오랜 시간
이 지났습니다.

그리고 드디어 서로의 주변을 보기 시작합니다.
그이의 일상이 보이기 시작합니다. 그의 회사. 그의 친구. 그의
가족. 나와 그이를 둘러싼 수많은 상황이 보이기 시작합니다.
그리고 생각합니다. 이대로 계속 사랑해도 되는 걸까? 결혼할
수 있는 걸까? 나를 위해 그이가. 그이를 위해 내가. 서로를 소
모시키지 않고 온전히 사랑할 수 있는 걸까? 아무도 슬프게 하
지 않고 행복할 수 있는 걸까?

기대지 마세요. 위험합니다.
마주보지 마세요. 위험합니다.

서로에게 고정된 시선을 푸세요. 둘이서 한 곳을 바라보세요.
같은 곳을 바라보고 손을 잡으세요. 그리고 걸어가세요.
아무도 다치지 않는 사랑.

기대지 않고도 서로를 세우는 사랑.

마주보고선 앞으로 나아갈 수 없습니다. 기댄 몸으로는 먼 거리를 걸을 수 없습니다. 마주 향한 시선을 옮겨 한 곳을 바라보며 서로에게 기대지 말고 스스로 일어서서 손잡고 걸어가세요.
불완전한 두 사람이 만나 하나가 되는 것이 아니라 온전한 두 사람이 만나 같은 길을 향해 걷는 사랑.

기 대 지 않 는 사랑을 하세요.
손잡고 걸어가는 사 랑 을 하 세 요 .

기대지 마세요.

위험합니다.

마주보지 마세요.

위험합니다.

사랑을 망치는
생각

　　여자는 상상합니다. 남자의 본능이 얼마나 가벼운가에 관하여. 가슴이 도드라진 옷을 입은 여자가 그의 눈길을 빼앗고 유혹한다면 그이가 이길 수 있을지 궁금합니다. 왠지 불안합니다. 착한 남자지만 믿을 수 없습니다. 남자의 허망한 본능에 관해 많이 들었기 때문입니다. 그이를 믿고 싶지만 그이의 본능을 믿을 수 없습니다. 예쁜 여자의 손길이 스칠 때 그이의 심장이 나를 떠올릴지 확신할 수 없습니다. 영화 속에서 자주 본 이야기니까. 그럴 때 많은 남자들이 유혹을 이기지 못했으니까. 주말 오후에 그이의 전화가 끊겨 있으면, 전화 받는 목소리가 왠지 불안하게 느껴지면, 전화를 조금만 늦게 받으면 여자는 견딜 수 없습니다. 그이의 눈이 다른 여자에게 닿아 있을까 봐 불안해 참을 수 없습니다.

남자는 상상합니다. 그녀의 이성친구들이 얼마나 위험한 사람들인지. 남자는 생각합니다. 작은 허점도 놓치지 않고 그녀를 침

범할 남자들에 관하여. 그녀에게 경고합니다. 착해 보이는 남자라도 소용없어. 술에 취한 당신을 가만히 둘 리 없어. 이성친구? 기대하지 마. 그건 영화에서나 가능한 이야기야. 그녀의 치마 길이가 조금만 짧아져도, 그녀의 술자리가 조금만 길어져도, 메시지 응답이 조금만 늦어져도, 남자는 견딜 수 없습니다. 그녀에게 다른 남자의 손길이 닿을까 봐 불안해 참을 수 없습니다.

나쁜 상상이 나쁜 이유는 서로의 자존심을 해치기 때문입니다. 둘 사이의 사랑을 해치기 때문입니다. 자기 사랑이 허약하다는 걸 스스로 증명하기 때문입니다. 허약한 믿음으로는 사랑을 지킬 수 없습니다. 나쁜 상상은 나쁜 관계를 부르고 나쁜 관계는 소중한 사랑을 해치고 부서진 사랑이 둘 사이를 갈라 다시 만날 수 없을 만큼 먼 곳으로 서로를 보내게 되는 것입니다. 결국 헤어지게 되는 것입니다.

착한 상상이 착한 사랑을 만듭니다.
나 쁜   상 상 은   사 랑 을   아 프 게   만 듭 니 다 .
착한 상상을 하세요.
당신의 그이를 위해서.
무 엇 보 다   소 중 한   당신의 사랑을 위해서.

나무 심장

향기 좋은 나무를 골라 심장을 깎습니다. 나무로 만든 심장입니다. 하나로는 그대를 감당할 수 없어서, 그대 사랑하는 마음 다 담을 수 없어서, 나무로 심장을 깎아 함께 두근거리고 싶어서 며칠째 나무를 다듬어 심장을 만들고 있습니다. 당신을 사랑하고 있습니다.

이를테면 이것은 나의 방식입니다. 나무를 깎는 것, 심장을 하나 더 만드는 것, 나무로 만든 심장 하나 가슴에 박아 넣는 것, 염려 없이 당신을 생각하고 당신의 이름을 부르고 당신과 만날 준비를 하는 것, 생각만으로도 터져 버릴 것 같은 본래의 심장에 비해 덜 걱정해도 좋은 나무 심장을 만드는 것, 나무 심장을 만들어 당신을 사랑하는 것은 말입니다.

나 는   이 제   당신을 두 개의 심장으로 사랑하겠습니다.
심장은 두 개지만 사랑은 하나입니다.
두 개의 심장으로 당신만을 위해 두근거리겠습니다.

결혼

결혼, 꼭 해야 하나요? 데이트의 끝이 언제나 이별인 게 싫어서, 전화기 너머의 당신을 그리워하는 데 지쳐서, 당신과 마주 이야기 나누다 잠들고 싶어서 나는 드디어 결혼을 생각합니다.

하지만 결혼이 데이트의 끝을 아쉽게 만들지 않고, 더 이상 당신을 설레게 하지 않고, 오히려 당신과의 대화를 짧게 끊어 버릴 수 있다는 걸 알기에 고민합니다.

사실은 당신을 영원히 갖고 싶어서, 온전히 소유하고 싶어서 결혼을 생각한 것인데 그것이야말로 무례한 기대라는 걸 알고 있어서 미안합니다. 그래서 나는 할 수만 있다면 당신과 결혼하지 않은 채로 사랑하고 싶습니다. 영원히 연인인 채로 사랑하고 싶습니다. 이 설렘이 당신의 소중함을 온전히 지켜주길 기대하면서 사랑하고 싶습니다.

하지만 우리의 허약한 성정이 보호를 요구하고 있어서, 물리적 약속을 필요로 하고 있어서 겁이 납니다.

결혼이 연애를 구원할 수 있을까요?
어떤가요. 당신이 말해 줄래요?
나 는 잘 모 르 겠 습 니 다 .

나쁜 생각

    "나쁜 생각이 떠올랐어. 우리가 함께 살 수 있는 방법인데 나쁜 생각이야. 그게 좀 문제야."

뭔데? 하고 묻자 그녀가 말해 줍니다.

"일단 내가 결혼을 하는 거야. 그리고 이혼을 하는 거지. 그다음 테오랑 결혼한다고 하면 집에서도 말리지 않을 거야. 어때. 나쁘지만 좋은 생각이지?"

소개팅 남자하고?

"아냐. 그 남자는 이제 만나지 않아. 재미없는 사람이라서 친구로도 만나기 싫어. 어쨌든 남자를 만나긴 한 거여서 엄마도 요즘은 잔소리를 좀 멈췄고. 하여간 아무 남자나 상관없이 결혼을 해버리는 거야. 어떻게 생각해?"

말없이 그녀를 안아줍니다. 품에서 그녀의 어깨가 들썩입니다. 그녀가 울고 있습니다.

"친구가 그러더라고. 진지하게. 그거 말고는 다른 방법이 없대. 걔도 우리 집 어떤지 아니까. 어떡하지, 테오?"

계절이 바뀌고 있습니다.   환절기는 언제나 견디기 힘든 시간. 무사히 이 계절을 지나가면 좋겠다고. 나는 간절히 그렇게 생각했습니다.

만약

그녀의 언니가 이야기합니다.

"내가 테오를 데리고 집에 들어간다면 아마 그 자리에서 오케이 받을 거야. 누구라도 상관없을 정도거든. 엄마는 어쩌면 내가 아니라 테오를 걱정해 줄지도 몰라. 그렇지만 동생은 아냐. 어릴 때부터 한 번도 엄마 아빠의 기대를 벗어나 본 적이 없어. 그걸로 서로를 지키며 살아온 거야. 그만해요 이제. 두 사람에게는 희망이 없어."

사랑하는데 어떻게 헤어지니?

"그러니까 헤어지는 거야. 아니면 헤어질 필요도 없잖아? 그냥 만나지 않으면 되는 거지. 모른 척했는데 더 이상은 안 되겠어. 도저히 두 사람 못 보겠어. 나중에 얼마나 고통 받으려고 이래?"

카페 직원이 바닥을 청소하기 시작합니다.

끝날 시간이 되었습니다.

밤새 닫지 않는 카페로 들어올걸 그랬다고

잠시 생각하지만 포기합니다.

우리는 고통 받게 되는구나. 그렇게 되는 거구나.

카페 직원이 바닥을 청소하기 시작합니다. 끝날 시간이 되었습니다. 밤새 닫지 않는 카페로 들어올걸 그랬다고 잠시 생각하지만 포기합니다. 무슨 소용이겠어. 그래도 밤은 지나갈 테고 새벽은 올 테고 정해진 순간을 멈출 순 없을 텐데.
"두 사람 참 예쁜데 연애는 그렇지가 않네. 그러게 왜 시작을 했어요. 그냥 친구나 하지."
그녀를 닮은 얼굴로 그녀와 같은 목소리로 그녀와 다른 말을 해주는 그녀 언니의 얼굴을 봅니다. 쌍둥이라 모습은 같은데 성정은 어쩌면 이렇게 다를까요. 울고 싶지만 울 수도 없습니다. 어색하게 미소를 지어 봅니다. 말하지 못하는 대답이 입 안에서만 동글거립니다.

친구나 하기에는 너무 사 랑 스 러 웠 거 든 요 .
그녀도. 나도.
우리 인연도.

고백

　　향 좋은 샴푸로 머리를 감고 정성껏 얼굴을 씻습
니다. 자동면도기 대신 면도날이 달린 면도기를 꺼냅니다. 얼굴
에 칼날이 닿습니다.
턱 아래 굴곡을 따라 조심스럽게 면도날을 움직입니다.

면도는 이를테면 고백.

오 늘　　몫 의　　미 련 을　　잘라 내고 있습니다.

오늘 몫의

미련을

잘라 내고 있습니다.

잃기

당신을 놓을 수 있다면 좋겠습니다. 나는 여전히 당신을 만난 처음 그 사흘 안에 머물고 있습니다. 당신을 갖지 못할까 봐 두렵습니다. 아직 나흘째 밤이 지나지 않은 것입니다.

사랑이 지나가는 소리가 들립니다. 그런데 나는 아직 당신의 처음에서 떠나지 못합니다. 시작도 안 한 사랑이니까 도무지 놓을 수가 없는 것입니다.

당 신 을   내 릴   수   있 다 면   좋겠습니다.
이제 그만 당신을 잃을 수 있다면 좋겠습니다.

나는 여전히 당신을 만난

처음 그 사흘 안에   머 물 고   있습니다.

설득의
비밀

　　　　사람들은 자주 혼동해요. 설득과 강요에 관하여.
사랑을 설득하는 남자에 대해 여자는 그의 강요를 느껴요. 그래
서 두려워지죠. 결국 그의 곁을 떠나요. 남자는 자기의 불행을
이해하지 못해요. 그녀가 사랑을 모른다고 느껴요. 자기의 진심
을 보지 못했다고 느껴요. 그래서 놓질 못하죠. 다시 그녀를 찾
죠. 설득하죠. 그러나 그것은 강요가 되어 다시 그녀를 두렵게
해요. 결국 그의 곁을 떠나게 만들어요.

당신이 아는 것처럼 설득과 강요 사이에 큰 차이는 없습니다.
사소한·간격으로 설득과 강요가 나뉩니다.

나 의　언 어 로　말하는가.
당신의 언어로 말하는가.
내 가　원 하 는　방식으로 말하는가.

당신이 원하는 방식으로 말하는가.
내가 아니라 당신의 시간에.

그이에게 익숙한 호흡으로 말할 수 있다면
강요도 설득이 되어 사랑이 돌아올 것입니다.
이것은 아주 명쾌한 설득의 비밀입니다.

비행

할 수만 있다면 여기서 거기까지 날아서 갈 수 있기를 바랍니다. 하루도 거르지 않고 날마다. 그대가 있는 곳까지 날아서.

당신을 만났습니다. 오래 기다린 여행 전날 밤 잠들지 못하는 마음으로, 그보다 몇 배쯤 더한 설렘으로 당신을 만났습니다. 나는 당신을 하루도 거르지 못하겠습니다. 만나고 돌아서는 순간 또다시 그립습니다. 곁에 당신이 없는 걸 견디지 못하겠습니다.

날아서 가겠습니다. 땅을 밟아서 가는 길에는 위험이 있을지 모릅니다. 다른 물체와 부딪힐지도 모릅니다. 분주한 도로 까닭에 시간이 정체될 수도 있습니다.
그것이 싫으니까 나는 날아서 가겠습니다.

당 신 께   가 겠 습 니 다 .

곁에 당신이 없는 걸

견디지 못하겠습니다.

날아서 가겠습니다.

그러니까
이런 이야기입니다

       나는 지금 당신을 그리워하지 않겠다. 그립지 않다는 것이 아니라 그리워하지 않겠다는 것이다.

그립지 않다는 것은 슬퍼도 결국 잠들 수 있다는 것이고, 그리워하지 않겠다는 것은 아무리 오래 눈을 감아도 결국 잠들지 못한 채 새벽과 만나게 된다는 것이다.

고통스럽게 새 벽 과   부 딪 혀   깨져 버리는 일이다.

이를테면 그런 이야기입니다.

내가 당신을 그리워하지 않겠다는 것은 말입니다.

고통스럽게

새벽과 부딪혀

깨져 버리는 일이다.

왈츠의
여자아이

왈츠를 청했던 여자아이가 있었어요. 어두워진 공원을 손잡고 산책하다가 공원 스피커로 왈츠가 흐르자 내 손과 발을 이끌어 왈츠를 췄던 여자아이였어요. 열아홉 살의 나는 두 살 어린 여자아이에게 모든 걸 빼앗겼어요. 하루의 전부가 그녀를 위한 것이었고 그렇게 모인 한 달이 전부 그녀를 향한 것이었어요. 행복했어요. 여자아이는 2년 동안 나와 춤을 췄고 애인이 군대를 제대하자 내 곁을 떠났어요.

그때부터였어요. 내 감성이 이렇게 허약해진 게. 그때부터 시작된 거예요. 누군가를 깊이 사랑하지 않게 된 게.

그러니까 말이죠.

내 심장은 이미 누더기예요. 당신 하나 떠난다고 달라질 건 없다는 거죠. 마음껏 사랑하다가 원할 때 떠나면 돼요. 간단하죠? 테오와 사랑을 나누는 방법.

"정말?"

거 짓 말 .

시계

바늘이 그 숫자를 지날 때마다
고통 받을 것이므로.
이별이 싫은 것입니다.

하루에 한 번씩 가리킬 것이므로.
당 신   잃 은   시 간 을   지나갈 것이므로.

알죠?

당신이 그리워서 하늘을 봐요. 나의 하늘에는 당신이 있어요. 하루 종일 당신 아래 있는 거예요. 그래서 행복한 거예요.

나는.

순간

그날이 왔습니다. 그녀의 아버지가 말했습니다.

안 되겠다. 면이 서지 않는다.

설득의 여지를 주지 않는 냉정한 선언.

우리는 허락받지 못했습니다.

무릎을 꿇어도 눈물을 보여도 소용이 없었습니다. 때로 인연의 끝은 우리의 희망과 다릅니다. 그녀의 마음을 지키고 싶습니다. 거짓말로 만남을 이을 수는 없습니다. 연애의 끝이 왔습니다. 그녀를 보낼 때가 되었습니다. 차분히 상황을 인지할수록 깊어지는 절망. 그렇지만 나는 현명한 사람이어야 했습니다. 그녀의 편이 되기로 한 다짐을 사용할 때가 왔습니다.

그녀의 평온을 위한 선택.

결 론 은 선 명 했 습 니 다 .

이별.

더러운 날개를 가진
천사들의 　　　　날

　　놀라지 말아요. 세상의 마지막 날이 왔습니다.
하늘에서 온 천사들이 땅 위에 선을 긋고 이렇게 사람들을 줄
세우는 건 오늘이 사람들에게 주어진 마지막 날이기 때문입니
다. 더 이상 내일이 없기 때문입니다.

"오래 기다렸습니다, 여러분. 이제부터 당신들을 구분할 생각이에
요. 이 선을 기준으로 잘 살았다고 생각하는 인간은 이리로, 형편
없이 살았다고 생각하는 인간은 저리로 서게 될 겁니다. 날개도 지
저분하고 냄새도 나고 좀 그렇지만 어쨌든 우리는 천사니까 당신
들을 한눈에 파악할 수 있거든요. 어느 쪽에 서야 할 인간인지 다
알 수 있어요. 이것으로 지옥이다 천국이다 구분되는 건 아니에요.
그걸 위해 자리를 나누는 게 아니란 말입니다. 그것보다는 조금 다
른 기준으로 여러분들을 분류할 필요가 있기 때문이에요. 지금 자
리가 정해지면 나중에 바뀔 가능성은 없어요. 일단 저쪽으로 갔다

가 나중에 이쪽으로 다시 넘어오는 일은 없다는 이야기예요. 아시겠어요? 이제부터 자기 앞에 있는 천사를 향해 줄을 서세요. 분류해 드리겠습니다."

예감이 맞았습니다. 며칠 전에 이상한 일이 있었거든요. 하늘에서 들릴 듯 말 듯 브람스의 다섯 번째 교향곡, 그 심장을 짓누를 것만 같은 불안한 음악이 내려왔습니다. 그러나 사람들은 듣지 못하는 것 같았습니다. 소리가 작았거든요. 나는 태양을 쳐다보는 버릇이 있습니다. 오래는 보지 못하지만 1초쯤 혹은 2초쯤 똑바로 쳐다보는 걸 좋아합니다. 맨눈으로 태양을 보고 나서 눈을 감으면 어둠 속으로 오로라가 펼쳐지거든요. 천국이 있다면 저기가 바로 들어가는 문일 거야, 하고 생각될 만큼 멋있는 풍경입니다. 그날도 그렇게 맨눈으로 태양을 보고 있는데 갑자기 하늘에서 음악이 내려왔던 겁니다.

내가 잘 몰라서 그러는데 꼭 무슨 중세시대 그레고리안 성가 같은, 왜 있잖아요? 성당에 가면 '그리스도와 함께 또한 사제와 함께' 그러는 부분에서 성가대가 연주하는 음악 같은 거. 그런 음악이 들리는 거였어요. 신기했습니다. 아무나 붙잡고 저기 이봐요, 지금 하늘에서 음악 소리가 들려오지 않나요? 당신도 저 소리가 들리나요? 이렇게 묻고 싶었는데 둘러보니 아무도 하늘 따위 쳐다보는 사람이 없었습니다. 사실 누구라도 그 소리를 들었다면 나처럼 하늘을 쳐다보든가 어리둥절한 표정으로 주변을 살폈을 텐데 아무도 그런 사람은 없고 그래서 나는 누구에게도 말을 걸 수가 없었습니다. 바쁘게 자기 할 일만 하고 있었습니다. 사람들이 이상해 보였습니다. 왜 그 소리가 들리지 않았을까요? 태양을 쳐다보느라 생긴 은빛 오로라가 사라질 즈음 나는 놀라운 광경을 보고 말았습니다.

날개가 여섯 개나 달린 천사가 하늘 위에 떠 있는 것입니다. 여섯 날개 중 두 개로는 얼굴을 가리고 두 개로는 발을 가리고 다른 두 개로는 펄럭펄럭 하늘을 날고 있는 아름다운 천사였습니다. 그 천사가 노래를 부르고 있었습니다. 아까부터 들리던 음악은 바로 그 천사의 입에서 연주되고 있었습니다. 처음 듣는 언어였지만 이상하게도 뜻을 이해할 수 있었습니다. "천사들은 위대하다. 천사들은 위대하다." 자기 입으로 자기 종족에 대해 위대하다고 말하는 게 조금 우스워 보일 수도 있었는데 그때는 그런 생각을 하지도 못했습니다. 빛나는 천사의 모습은 실제로 고귀해 보였고 나는 그저 우러러보기만 할 뿐 달리 할 수 있는 일이 없었습니다.

노래하는 천사. 하늘 위에 서서 세상을 향해 거룩한 노래를 부르던 여섯 날개의 천사. 그렇게 위대한 천사를 멍하니 바라보았던 일요일 오후로부터 일주일쯤 지난 어느 날. 귀가 찢어질 듯 커다란 소리가 들렸습니다. 수천 마리 새들이 비명을 지르며 날개 치는 소리인 것 같았습니다. 그때는 몰랐지만 그 날개소리는 지금 보이는 저 지저분하고 더럽고 냄새나는 천사들의 소리였습니다. 그때 짐작했어야 했는데. 그것은 징조였습니다. 지저분한 날개를 가진 천사들이 다가오고 있다는 걸 알려주는 고귀한 천사의 경고였습니다. 나는 그것도 모르고 아무 생각 없이 일주일을 낭비하고 말았습니다.

가만. 그러고 보니 그 전에도 이상한 징조가 있었던 것 같습니다. 알람시계가 울리지 않았던 것입니다. 그날따라 유난히 사람들의 지각이 많았다는 뉴스가 있었습니다. 학교에는 지각생이 속출했고 회사에도 사람들이 제 시간에 도착하지 못했습니다. 시골에서는 닭이 그랬습니다. 새벽이 지나고 아침이 오는데도 닭들이 울지 않았습니다. 시간을 깨우는 어떤 종류의 예고도 그날만큼은 작동하지 않았습니다. 시계 없이도 벌떡벌떡 일어나는 사람들을 제외하고는, 자명종이나 닭이나 뭐 그렇게 시간을 깨워 주는 종류의 도움을 받아야만 일어날 수 있는 사람들은 모두 지각을 했습니다. 한 사람도 예외가 없었습니다. 시계도 닭들도 울지 않았습니다. 그런 아침이었습니다. 그런 아침이었지만 의외로 사람들은 신경 쓰지 않았습니다. 아무도 눈치채지 못했습니다.

조짐이 있었는데도 알아채지 못하다니. 예언이 있었는데도 짐작하지 못하다니. 알람이 멈추는 선명한 예시까지 보여 줬지만 한 사람도 그 의미를 깨닫지 못했습니다. 그것도 모자라 천사가 노래를 부르며 징조를 예언했지만 아무도 듣지 못했습니다. 그래서 오늘 아침 저렇게 더러운 날개를 가진 천사들이 새벽을 깨우고 세상을 점령하는 꼴을 지켜볼 수밖에 없게 된 것입니다.

미안합니다. 내가 조금만 더 현명했다면 당신에게 말해 줬을 텐데. 아무 준비 없이 이런 날을 맞지는 않았을 텐데 말입니다. 나는 지금 정신이 없습니다. 서 있기도 힘이 들 지경입니다. 그래도 나는 지금 여기에 도착했습니다. 드디어 당신이 보입니다. 내 앞에서 줄이 갈려 꼼짝도 할 수 없지만 당신이 있는 쪽을 계속해서 보고 있습니다. 저 지저분한 녀석들이 뭐라고 하든 간에 나는 당신이 선 쪽으로 마저 가야 하니까 당신의 모습만큼은 놓칠 수가 없는 것입니다.

여기서 헤어지면 다시는 만날 수 없습니다. 그럴 순 없습니다. 나는 당신과 헤어질 수 없습니다. 도저히 그러고 싶지는 않지만 그 방법밖에 없다면 나는 저 지저분한 녀석들의 발에 입 맞추고 더러운 날개를 핥아서라도 당신 편에 설 생각입니다. 당신이 가는 쪽으로 들어설 생각입니다. 약속할게요. 약속을 지킬게요. 나는 언제나 당신과 함께하겠습니다. 당신이 서는 편으로 나 역시 서겠습니다.

다행입니다. 내 앞의 천사가 착해 보여요. 날개도 다른 천사들보다

두 려 워 하 지 마 세 요 .

내가 지켜보고 있으니까요.

당 신 을   놓치지 않겠습니다.

깨끗하고 표정도 부드러워요. 당신 차례가 되어 가네요. 두려워하지 마세요. 내가 지켜보고 있으니까요. 당신을 놓치지 않겠습니다. 당신을 분명히 보고 있습니다. 당신 앞에 선 천사의 오른쪽 날개가 가로로 조금 찢어져 있지요? 거봐요. 아주 잘 보여요. 절대로 당신을 놓치지 않아요. 당신이 어느 쪽으로 서는지 확인한 다음 나 역시 그쪽에 서겠습니다. 천사와 대화할게요. 당신 자리가 확인될 때까지 시간을 끌어야겠어요.

이봐요 천사, 내 자리는 말이에요. 저기 보여요? 저 여자가 서는 자리, 거기가 어디든 상관없이 저 여자가 서는 쪽이 내 자리예요. 잠깐만 있어 봐요. 저 여자가 방향을 정할 때까지 조금만 기다려 보자고요. 곧 결정될 것 같잖아요? 다음이 바로 저 여자 차례잖아요. 조금만 더 시간을 주면 돼요. 조금만 더. 안 된다고요? 안 되긴 뭐가 안 돼요! 천국에 가게 되면 다 이르겠어, 아주 건방진 천사를 만났다고, 영원히 지옥에 가두라고, 그런 꼴을 당하고 싶어요? 하느님이 무섭지도 않아요? 잠깐 됐어. 방향이 정해졌어요. 이제 어디로 설지 말할게요. 나는 이편이에요, 오른편, 알겠죠? 뭐라고? 아니라고요? 내 자리는 왼편이라고요? 알 게 뭐야! 나는 오른편에 설 거야! 내 여자가 오른편에 섰다고! 네까짓 게 뭘 알아! 비켜! 비키지 못해? 가만두지 않겠어. 절대로 용서하지 않겠어! 오른편에

서게 할 때까지 나는 물러서지 않아. 신을 불러 줘! 직접 얘기할 테니! 뭐? 지금 뭐라고 그랬어? 네? 오른편에 서도 된다고요? 그럼 그렇지! 진작 그럴 것이지! 오른편 맞죠? 비켜요 어서, 여기가 내 자리예요. 오른편이야! 내 자리는 오른쪽 자리라고요!

이제 됐어요. 이쪽에 서도 된대요. 오른편에 서도 된대요. 당신 쪽이에요. 당신이 선 자리예요. 이럴 줄 알았다니까? 기다려 줘요. 이제 곧 자리가 정돈되면 당신 곁으로 갈 수 있어요. 조금만 참아요. 다 됐어요. 이제 곧 당신에게로 갈게요.

냄새는 좀 나지만 짐작대로 괜찮은 녀석이었나 봐요. 내 눈을 들여다보더니 이렇게 말하는 거예요. 원래는 왼편이었는데 방향이 바뀌었다고. 드문 일이지만 어쨌든 방향이 바뀌었으니 오른편에 서도 된다고.

이제 마음이 놓여요. 실은 나 떨렸거든요. 약속을 지킬 수 있어서 다행입니다. 하마터면 당신을 잃을 뻔했어요.

사 랑 해 요 .   소 중 한   사 람 .

꿈

새벽에 꿈을 꿨습니다. 천사들이 나오는 꿈이었습니다. 분주하고 시끄럽고 정신없는 꿈이었습니다. 꿈에서 나는 이별을 이겼습니다. 인류 최후의 날인데도 그녀와 헤어지지 않았습니다.

현실이 꿈보다 훨씬 더 비현실적입니다.
우리는 지금부터 이별을 시작하니까.
믿 을 수 있 겠 습 니 까 ?
사랑하는데도 헤어져야 한다니 말입니다.

가로등

1.
이별의 순간입니다. 용기가 필요한 시간입니다. 우리 헤어짐은
고정된 것이었으며 되돌릴 방법도 힘도 남아 있지 않았습니다.

확정된 이별.

이제 사랑을 확인할 수 있는 단 하나의 방법이 남았습니다. 이
슬픈 이별로부터 서로를 지켜 더는 다치지 않도록 보내 주는 일
이었습니다.

2.
가로등 아래 벤치에 그녀를 앉히고 나는 그녀의 언니에게 메시
지를 보냈습니다.
시간이 되었어요. 그녀를 데려가세요.

3.

그녀가 언니의 품에 안겨 우는 동안 나는 골목을 돌아서 계단
몇 개를 내려갑니다. 그리고 그만 주저앉습니다.

4.

사랑하는데 어째서 이별일까요.

늘 이렇게 서로를 보낼까요.

5.

나는 계단 중간에서 일어나지 못했고 그녀는 눈물을 그치지
못했습니다. 그녀의 눈물이 당장이라도 내 뺨에 닿을 것 같았
습니다. 내 사랑이 심장 반쪽을 상처 내고 있었습니다. 참 쓸쓸
한 자학.

6.

시간이 흘렀습니다. 고개를 들어 보니 남은 계단은 두 개. 그녀
의 울음소리가 더는 들리지 않고 몇 시가 되었는지 가늠되지도
않고 발밑에는 계단이 두 개 더 남아 있는데 나는 도무지 움직
일 수가 없었습니다. 살아오면서 경험한 가장 무서운 절망이었
습니다.

7.

그녀의 울음소리가 들리지 않는데 내 귀는 여전히 그쪽을 향해 있고 내 발은 조금도 움직일 수가 없으며 심장은 이렇게 반쪽으로만 뛰는데 그녀의 울음소리는 이제 들리지도 않고 바람도 불어오지 않고 그녀의 언니도 떠나가고 없는데 나는 아직도 그녀를 느끼며 이렇게 이 자리에 멈춰 서 있는 것입니다. 슬프지만 울 수도 없고 아직 눈물이 떨어지지도 않았는데 그녀의 울음소리는 벌써 사라지고 없고 계단은 아직도 두 칸이나 더 남았고 나는 이렇게 꼼짝할 수가 없는데 그녀의 울음소리가 들리지 않는 것입니다. 그녀가 더는 울지 않는 것입니다. 세상은 너무나 고요한데 나 혼자 이렇게 서서 슬퍼하고 있는 것입니다.

8.

이별입니다.

9.

그 사실이 이해되는 순간 비로소 눈물이 흐르기 시작했습니다. 나는 그녀의 울음소리가 들리던 벤치를 향해 뛰어 올라갔습니다. 한 번에 두 계단씩 성큼성큼 올라갔습니다. 당연히 그녀는 없었습니다. 그녀가 없었습니다. 그녀의 울음소리가 더는 들리지 않았습니다. 이제는 드디어 내가 울 차례입니다. 아침이 올 때까지, 사람들이 지나다닐 때까지, 그 벤치에 앉아, 오래도록 울었습니다. 끔찍하게 고통스러웠습니다.

10.
생각하기도 싫은.
죽음 같은 현실.

"우리 다시 연애하자. 지금부터 6개월 동안 사랑하는 거야. 그동안 이별도 평온

하게 일상이 될 수 있을 거야. 슬픔이 되지 않을 거야. 어때요. 내 선물 마음에

들어요?"

나는 일어나 그녀를 안았습니다.

그리고 기꺼이 그녀의 선물을 받았습니다.

180일.

내가 그녀를 사랑할 수 있는 시간.

3

선
물

이별

사람이 사람을 어떻게 버려요?
사 람 이 니 까   사람을 버릴 수 있는 거래요.

사랑이 사랑을 어떻게 버려요?
사 람 이 니 까   사랑을 버릴 수 있는 거래요.

절망

　　집으로 돌아왔습니다. 신도 벗지 못하고 들어와 거실에 쓰러졌습니다. 구석을 찾아 기어가 무릎에 머리를 묻고 울었습니다. 사람이 가진 눈물의 총량을 그때 보았습니다. 알고 있습니까? 눈물은 좀처럼 마르지 않습니다. 심장과 폐를 쥐어짜서라도 눈물은 나옵니다. 온몸을 비틀어 남은 한 방울을 짜는 기분으로 그렇게 울었습니다. 그녀를 잃고 돌아온 밤. 그날 새벽에.

그녀에게 사랑받았던 기억을 떠올려 봤습니다. 그것으로 위로가 될까 하여. 소용이 없었습니다. 그녀 없는 세상은 그대로 지옥이었습니다. 고통을 참을 수 없었습니다. 나는 휴대폰을 들어 그녀에게 전화를 걸었습니다. 그리고 말했습니다.

" 살 려　쥐 요 . "

아무 대답도 없이 전화가 끊겼습니다.
나는 그만 눈을 감았습니다.

온몸을 비틀어

남은 한 방울을 짜는 기분으로

그렇게 울었습니다.

그녀를 잃고 돌아온 밤.

그날 새벽에.

구원

40분쯤 지났을까. 현관문에서 번호키를 누르는 소리가 들립니다. 그녀가 들어옵니다. 아직 새벽입니다. 그녀는 내 어깨를 감싸고 내 머리를 쓰다듬었습니다. 한동안 그대로 나를 진정시켰습니다. 그리고 내 뺨에 입술을 댄 채 속삭였습니다.

"울지 마요. 살려 줄게."

갈게요, 라고 한마디 하는 시간도 아까워 바로 전화를 끊고 달려가 택시를 탔다고 합니다. 그녀는 거실의 창문을 열고 노래를 골랐습니다. 냉장고를 뒤져 과일을 꺼내 주스를 만들었습니다. 나는 그녀의 뒷모습을 멍하니 보고 있었습니다. 그녀는 돌아보지 않고 그대로 서서 말했습니다.

"우리 다시 연애하자. 지금부터 6개월 동안 사랑하는 거야. 이별이 취소되는 건 아니지만 지금부터 6개월 동안 더 많이 사랑할 거니까. 그동안 이별도 평온하게 일상이 될 수 있을 거야. 슬

나는 일어나 그녀를 안았습니다.

그리고 기꺼이 그녀의 선물을 받았습니다.

180일.

내가 그녀를 사랑할 수 있는 시간.

픔이 되지 않을 거야. 어때요. 내 선물 마음에 들어요?"

나는 대답하지 못했습니다.

"그동안 당신은 아무것도 할 일이 없어. 내가 할 거야. 당신은
그냥 받기만 하면 돼요. 어때요. 좀 마음이 놓여요?"

나는 일어나 그녀를 안았습니다.

그리고 기꺼이 그녀의 선물을 받았습니다.

180일.

내 가   그 녀 를   사랑할 수 있는 시간.

새로운   일상

연애는 연장되었지만 이별은 확정된 것이었습니다. 그러나 상관없이 우리는 사랑했습니다. 이전보다 더 많은 시간을 함께하고 더 많이 대화했습니다. 연장된 연애가 아니라 시작하는 연애처럼 느껴질 정도였습니다.

그녀는 나의 집을 자기가 다니는 회사 근처로 옮기게 했습니다. 그리고 출근하기 전에 한 시간쯤 일찍 나와 내게로 왔습니다. 아침을 함께 보내고 회사에 갔습니다.
점심시간이 되면 다시 내게로 왔습니다.
내가 만든 음식을 먹고, 내린 커피를 마시고, 노래를 함께 즐긴 후에 회사로 돌아갔습니다. 퇴근 후에도 마찬가지. 그녀는 내게로 왔으며 함께 공간을 채웠습니다.

우리는 매일 아침 매일 점심 매일 저녁을 함께했습니다.

만나고 사랑하고 일상을 나눴습니다. 믿을 수 없을 만큼 풍요롭
고 나른한 날들이었습니다.

그녀가 말합니다.
"이대로 영원할 것 같은 느낌이야."

내가 대답합니다.
나도 그래요. 정말.

만나고 사랑하고

일상을 나눴습니다.

믿을 수 없을 만큼

풍요롭고 나른한 날들이었습니다.

아침

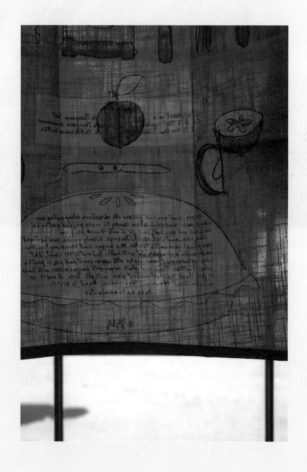

아침은 하얗게 빛으로 옵니다.

그리움처럼 하얗게.

소리가 아니라 빛으로.

커튼 사이를 비집고 아침이 들어오는데 나는 여전히 잠에서 깨어나지 못합니다. 눈 감은 그대로 잠을 놓지 않습니다. 기억나지 않지만 알 수 있습니다. 나는 밤새 당신을 꿈꿨을 것입니다. 그래서 눈뜨자마자 당신이 생각나는 것입니다.

당신이 그리운 것입니다.

아침이지만 밤새 생각한 당신을 지우고 싶지 않아서, 당신 그리워하는 걸 멈추고 싶지 않아서, 나는 눈뜨지 않습니다. 좀처럼 깨어나지 않습니다.

사랑은 명쾌합니다. 가장 먼저 생각나는 사람. 아침을 지배하고 하루의 첫 시간을 바쳐야 하는 그이가 사랑입니다.

당신의 연인입니다.

커튼 사이로 아침이 밀려옵니다.

당 신 이   들 어 옵 니 다 .

이별을
이해합니다

우리는 남은 날짜를 헤아리지 않았습니다. 이별로 정한 날짜는 분명히 다가오겠지만 아무도 그걸 말하지 않았습니다. 우리를 지켜보던 그녀의 친구가 말합니다.

"강제로 이별하는 것보다 서로 지겨워져서 이별하는 쪽이 좋은데. 너희는 그렇게 안 되겠지?"

그렇게는 안 되겠지. 혼잣말처럼 속삭입니다. 그렇게는 안 될 거라고. 그녀를 쳐다봅니다. 조금만 더 연애가 길어진다면 우리도 서로 지겨워질까?

인터넷으로 콘서트 티켓을 예매하던 그녀가 돌아보지 않고 대답합니다.

"우린 아마 어려울 거야."

우린 어려울 거야. 나도 그렇게 생각합니다. 우리는 아마도 지겨워지지 않을 거라고. 그래서 이별하는 거라고. 강제로 이별할 수밖에 없는 거라고.

이별의 이유에 관해 의문을 가질 필요는 없습니다. 이미 납득한 문제니까. 지금 중요한 것은 이 소중한 시간을 후회 없이 사랑할 수 있는 방법입니다.

"이별하기 전날에도 우리는 콘서트를 보게 될 거야. 슬플 겨를도 없을걸? 그리고 아마 콘서트의 도움 없이도 슬프지 않을 거야. 그러기 위한 시간을 보냈으니까. 그래서 지금 이렇게 사랑하는 거니까. 그치?"

그녀가 웃고 있습니다. 나도 따라 웃기를 기대하면서.

말없이 이별을 준비합니다. 다음 이별에는 슬프지 않겠습니다. 웃으며 그녀와 헤어지겠습니다. 그녀를 축복하면서. 그녀의 사랑으로 심장을 묶어 놓고서. 그렇게 헤어지겠습니다. 그런 이별을 하겠습니다.

웃으며 대답합니다.

응. 슬 프 지 않 을 거 야 .

그러기 위한 선물이니까.

틀림없이 울 지 않 을 거 야 .

싸움

       우리는 압구정동 로데오 거리를 걷고 있었습니다. 그날은 조금 이상한 날이었습니다. 아무것도 아닌 일로 말싸움이 생겼습니다. 내가 싫어하는 말을 골라 시비를 걸었습니다. 실수로 나온 말을 꼬투리 잡고 한참이나 잔소리를 했습니다. 결국 참지 못한 내가 화를 내고 말았습니다. 그러자 그녀도 내게 소리를 질렀습니다. 지나가는 사람들이 죄다 쳐다볼 정도로 심하게 싸웠습니다. 억울하고 분한 생각에 창피한 것도 몰랐습니다. 견딜 수 없어진 나는 씩씩거리며 골목을 향해 걸었습니다. 막다른 골목 안쪽에서 어쩔 줄 모른 채 서 있었습니다. 끔찍한 기분이었습니다.

그녀가 다가와 등 뒤로 나를 안았습니다. 그리고 말했습니다.

"잘 기억해 줘요. 그 럴   리   없 겠 지 만   혹시 내가 실패하면 지금 이 화난 기분을 떠올려 보는 거야. 그럼 조금쯤 슬픈 마음이 지워질지도 몰라. 알았지? 기 억 이   흐 려 지 면   말해요. 오늘보다 더 세게 몇 번 더 싸워 줄 테니까."

기억이 흐려지면

말해요.

오늘보다 더 세게

몇 번 더 싸워 줄 테니까.

알아보기

    사랑은 서로를 알아보는 거예요. 사랑하고 사랑받기에 적합한 사람인지 그걸 한눈에 알아보는 게 사랑이죠. 우리가 그랬듯이 말이에요.

맞추고 노력하는 방식의 사랑은 언젠가 서로에게 서운함이 생길 때 자신의 노력이 계량되어 비교하게 되는 위험이 있어요. 이별도 마찬가지입니다. 사랑 이외의 다른 상실을 생각하게 되는 거예요. 자기가 선택한 노력이었으면서 사랑이 식으면 모두 상대방을 위한 헌신이었던 것으로 바뀌 기억하는 거예요. 서로를 해칠 수 있는 위험한 실수입니다.

이별을 실감하는 순간에도 나는 당신을 알아보고 있습니다. 당신과의 사랑이 피할 수 없는 것이었음을 인지하고 있습니다.

슬프지만 슬프지 않은 이유. 원망스럽지만 원망할 대상이 떠오르지 않는 이유.

간단합니다.

나 는 당신을 사 랑 할   수 밖 에   없 는   사람이니까요.

깨달음

믿기지 않지만 수긍할 수밖에 없는 사랑. 그런 사랑과 정면으로 마주치면 그저 눈 감을 수밖에 없습니다.

방법이 없습니다.
당 신 을   사 랑 할   수 밖 에 .

얼마나 시간이 지나야 자유로울까요.
사랑도 선택이라는 걸 이해하고 싶습니다.
설득당하고 싶습니다.
그러나 나는 알고 있습니다.
내가 아니라 사랑입니다.
사랑이 우리를 선택하는 것입니다.

사랑이 사랑을 선택하는 것입니다.
내가 아니라 사랑이.
당신이 아니라 사랑이.

기억

그새 나무가 자랐네요.
사랑처럼.
내 안의 그대처럼.

스스로　이별

　　　　　사랑은 스스로 옵니다. 제멋대로 찾아오고 또 떠나갑니다.

사랑이 멋대로 와서 다행입니다. 사람이 사랑을 정하는 거라면 세상은 꽤 복잡해질 게 분명합니다. 사랑하는 사람 사이로 들어서 새로운 사랑을 던지거나, 적절한 계약으로 사랑이 거래되는 일도 가능해질 테니까요. 사랑이 그런 거라면 더 이상 운명도 없고, 설렘도 없고, 치밀하며 부유하고 씩씩한 사람끼리만 나눠 가질 수 있는 일종의 기술 같은 것이 되어 버릴 거예요. 수줍고 아슬아슬한 성정의 사람들은 평생 사랑을 해보지 못하겠지요.

이별도 멋대로 옵니다. 그래서 다행입니다. 마음대로 이별을 제어할 수 있다면 세상은 꽤 무서워질 게 분명합니다. 뒤돌아 걷는 사람을 손쉽게 돌려 세우고 내가 내미는 사랑으로 묶어 버릴

수 있을 테니까요. 이별이 그런 거라면 새로운 만남은 사라지고, 이 순간 혼자인 사람은 영원히 혼자이게 되고, 사랑은 집요하며 끈질기고 냉철한 사람끼리만 나눠 가질 수 있는 일종의 재산 같은 게 되어 버릴 거예요.

사랑이 멋대로 와야 어떤 여자아이가 꿈같은 사랑 하나와
만 날   수   있 게   되 니 까 .
이별이 멋대로 가야 어떤 사내아이가 새로운 사랑 하나와
만 날   수   있 게   되 니 까 .

사랑은 제어할 수 없는 존재입니다.
어느 누구도 소유할 수 없는 개념입니다.
가지려 하는 순간 집착이 되고,
소유하는 순간 구속이 시작됩니다.

사랑은 홀로 사랑이며 이별 역시 스스로 이별입니다.
누구도 어쩌지 못하게 스스로 오고 가는.
마음대로 상대를 지목하고 멋대로 시점을 결정하는.

비 _____

　　그녀에게서 전화가 왔습니다. 조금씩 전화를 줄
이던 중이어서 반갑게 받았습니다.
"지금 울고 있지?"
그 말을 들으니 눈물이 솟았습니다. 울고 있던 건 아니었는데
아니라고 대답하지 못하게 되었습니다.
"울어요. 괜찮아요."
소리 내 울었습니다. 안심하고 울었습니다. 전화기 너머로 그녀
의 숨소리가 느껴집니다. 좀처럼 눈물이 그치지 않았습니다.

　　그녀와 전화를 끊고도 한참이나 더 눈물이 흘렀습니다. 그러다
미친 사람처럼 울고 말았습니다. 벽에 기대앉아 끅끅거리며 세
상에서 가장 슬픈 남자가 되어 오래오래 울었습니다. 그사이 잠
시 비가 내리다 멎었습니다.
오 분만 더 내리면 좋겠는데. 한 시간이면 좋을 텐데. 아니 두
시간 세 시간. 아니 네 시간 다섯 시간 여섯 시간쯤 내려 준다면

좋겠는데. 일곱 시간 여덟 시간 열 시간 스무 시간이어도 상관
없을 텐데. 어쩌면 일만 시간이라 해도 나쁘지 않을 텐데.

빗소리에 우 는   소 리 를   감출 수 있을 것 같아서.
그 녀 에 게   들키지 않을 수 있을 것 같아서.
그렇게 생각했습니다.
비가 더 내리면 좋겠다고 말입니다.

감정의 뇌에 3

젖은 남녀의 차

말해주듯, 남성

로 행동에서 큰

"우리, 이야기

'사랑과 전쟁

으며 옥신각신

치기"고 오천의

그녀와 전화를 끊 고 도

한참이나 더 눈물이 흘렀습니다.

그러다 미친 사람처럼 울고 말았습니다.

벽 에   기 대 앉 아   끅끅거리며

세상에서 가장 슬픈 남자가 되어

오 래 오 래   울 었 습 니 다 .

약속

　　지킬 수 없다는 사실을 잘 이해하고 있는 두 사람이 기적을 희망하며 치르는 의식. 그중에서도 가장 무모한 것이 사랑에 관한 약속입니다. 당신은 알고 있나요? 영원히 사랑하겠다는 약속이 얼마나 많은 연인들을 절망에 빠트렸는지. 그런데도 연인들은 오늘 또 새로운 약속을 생각합니다. 약속이어야 서로를 결박할 수 있다고 믿으면서. 사랑은 과연 약속할 수 있는 종류의 관계일까요?

　사랑이 소유일 수 있다고 생각하던 시절이 있었습니다. 그러나 우리는 알고 있습니다. 사랑과 소유는 서로 아무 인과도 없는 단어라는 사실. 사랑이므로 소유인 것이 아니라, 사랑이기 때문에 드디어 소유의 강박을 풀고 자유로워질 수 있는 것입니다. 사랑은 연인이 서로에게 묶은 강박을 해체할 때 완성되는 것. 마음껏 자유로워지는 것. 그래서 약속이 될 수 없습니다. 약속이 필요 없는 관계에 들어서는 것이기 때문입니다.

사랑은 애초에 명령 혹은 부탁으로 가능해지는 감정이 아닙니
다. 스스로 선택하고 길 위에 오르는 것이 사랑입니다. 사랑의
증거도 같은 방식으로 드러납니다. 두 사람 모두가 서로에게서
자유로울 때 비로소 그 관계에는 연속성이 생기며 단단하게 서
로를 고정할 수 있게 되는 것입니다.

약속하지 않으므로 약속이 되는 사랑.
그것이 사랑입니다.
나는 이제야 그것을 깨달습니다.

기다림

움직이지 않고 당신에게로
다가가는 방법.

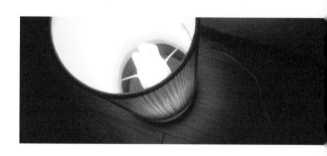

생일

하늘에 별이 반짝였겠죠.
아침엔 태양이 솟았을 거구요.
바람도 많이 불었을 거예요.
천사들이 당신 둘레를 지켰을 거예요.

당신은 눈을 감았겠죠.
처음 만난 세상이 눈부실 테니까.
잘한 일이에요.
조금씩 아껴서 봐야 할 만큼 세상은 아름다운 곳이거든요.

당신 손을 이끌어 가게에 가요.
예쁜 것들이 참 많은 가게.
당신은 웃고 나는 설레죠.
축복이 별처럼 반짝입니다.

축 하 합 니 다 .
당신의 생일.

당신은 생일마다 블로그에 축하해 준 사람들의 이름을 올립니
다. 이번에도 그랬겠지요. 나는 내 이름을 찾았습니다. 지난번
생일에도 그 전 생일에도 당연히 내 이름은 있었습니다. 그렇지
만 이번 생일은 공식적으로 헤어진 후의 생일이니까 아마도 없
을 거라고. 그렇게 생각하며 이름들을 읽었습니다.

많은 이름들이 나열된 뒤에 내 이름이 보였습니다.

없는 게 당연했는데. 가족도 보고 친구도 보고 회사사람들도 보
는 곳인데. 괜찮은데, 나는 정말 상관없는데.
그러지 않아도 괜찮았는데.
당신은 내 이름을 불러주었습니다.

고 맙 습 니 다 .
당신의 생일.

그리움

　　　　　　　　목이 마르지만 물이 없습니다. 당신이 그리운데 나 혼자 있습니다. 당신이 그리운 것입니다.
목이 마른 것이 아니라 당신이 그립고 당신이 그리워서 목이 마르고 목이 말라서 당신이 그립고 당신이 그리워서 죽을 것처럼 목이 마르지만 사실은 목이 마른 것이 아니라 그저 당신이 그리운 것입니다. 당신이 목마른 것입니다.

내 손이 어딘가를 가리키고 있다면 그건 당신이 그립기 때문입니다. 당신이 그립기 때문에 등대가 서고 푯말이 서고 내 손이 하늘 어딘가를 헤매고 있는 것입니다.

내 눈이 향한　어 딘 가 로　당신이 오는 거라면 좋겠습니다.
진심.

타투

당신의 깊은 곳에 바늘을 세웁니다.
그리고 기억을 새깁니다.
지워지지 않기를 바라면서.
타투.

데이트

숨을 내쉬듯 튀어나오는 문장이 있습니다. 그렇지만 말하지 않습니다. 조금만 더 생각합니다. 심장이 뜨거워집니다. 당신을 생각하기만 하면 가슴속에서 팝콘이 튀듯 당신의 이름이 부풀어 오릅니다.

가만히 마음을 들여다봅니다. 빛나는 날입니다. 영원히 잊지 못할 내 인생 최고의 날. 그냥 어제에 이은 또 하루의 데이트일 뿐인데 가슴이 뛰어 견디질 못합니다. 문득 깨닫는 기쁨.

내　겯에　　그녀가 있습니다.
그녀가　나를　지키고　있습니다.
아직　사랑은　끝나지　않았습니다.

아름다워요

내가 잊은 줄 알았죠? 당신이 얼마나 아름다운
지. 당신을 처음 만난 날 느낀 감동은 언덕 위의 나무처럼 계속
자라요. 멈추지 않아요. 아침마다 느껴요. 무뎌지지도 않아요.
익숙해질 수가 없죠.
아프리카의 태양과 남극에서 밀려오는 파도와 그 사이에서 춤
을 추는 바람이 언덕 위의 나무를 자라게 하듯 내 마음도 오히
려 자라요. 당신이 얼마나 아름다운지 새롭게 깨닫게 해요.

감출 수 없는 호흡으로 고백합니다.
아 름 다 워 요. 그 대.

비밀처럼

멀리 있어도 나는 당신의 손길을 느낍니다. 이별 후에도 그럴 거예요. 만 번쯤 그대를 보내도 변함이 없을 거예요. 그보다 많이 이별한대도 바뀌지 않을 거예요. 그대를 보내고 나는 돌아오고 이렇게 멀리 떨어져 다른 곳에 누워도 다를 게 없을 거예요. 우리는 서로 사랑하는 사이였으며 그 사실은 절대로 지워지지 않을 테니까.

함께할 날이 줄고 있지만.
아 직 은   괜 찮 습 니 다 .

사슴뿔의 비밀

수다쟁이 천사 미카엘을 만나고 돌아오는 길에 잘생긴 천사를 만났습니다. 투명에 가까운 금발머리에 보석 목걸이, 사치스러운 은색 구두에 찬란한 여섯 날개. 그래요. 그 멋쟁이 천사는 날개를 무려 여섯 개나 가지고 있었습니다. 그는 자기 이름이 루시엘이라고 알려줬습니다. 그리고 이별의 비밀에 관해 말해 줬습니다.

이별의 순간이 오면 두 사람의 어깨에 긴 사슴 뿔이 돋고, 서로의 뿔이 격렬하게 부딪혀 어느 한쪽이 부러지거나 갈라질 때까지 계속된다고 말입니다. 루시엘은 이 부딪힘을 '우르마이'라고 발음했습니다. 단어 자체로는 무슨 말인지 알 수 없었지만 앞뒤 말의 흐름으로 이해할 수 있었습니다. 이별하는 두 사람은 어깨에 돋은 사슴 뿔로 서로를 때리며 어느 한쪽이 부러질 때까지 우르마이를 계속하게 된다는 것입니다.

나는 루시엘에게 물었습니다. 당신도 이별해 본 적이 있나요? 그러자 루시엘이 여섯 개나 되는 날개를 힘없이 늘어뜨렸습니다. 눈에는 눈물이 맺히고 어깨도 떨렸습니다. 그는 슬픔 가득한 얼굴로 나를 보더니 등 뒤의 뿔 한 쌍을 보여 주었습니다. 뿔은 심하게 갈라지고 부러져 있었는데 한쪽 뿔은 아예 뿌리까지 부서져 형체를 알아보기 힘들 정도였습니다. 루시엘이 말했습니다.

"사람들은 우리를 같은 천사로 알지만 사실 쌍둥이야. 내게는 동생 루지퍼가 있어. 사랑했지만 우리의 등에도 뿔이 돋았어. 우리는 서로의 뿔을 부러뜨렸고 결국 이별을 했어. 다시는 만날 수 없었어. 이후로 그를 본 적도 없어."

내가 물었습니다.

당신은 천사잖아요. 천사인데도 이별을 피할 수 없나요?

그가 대답했습니다.

"인연이 길어지면 뿔은 결국 돋아나. 그걸 피할 수는 없어. 이별을 피하는 유일한 방법은 서로에게 뿔을 겨누지 않는 거야. 어딘가를 가리킬 때만 그 뿔을 사용하는 거야. 하지만 쉽지가 않지. 누구나 화를 내고 화가 나면 그 뿔을 사용하고 싶어지니까."

가만히 이야기를 듣던 그녀가 심각한 얼굴로 이야기합니다.
"잘라 버리는 건 어때? 톱으로 쓱쓱 잘라 버리는 거야. 뿔이 서로를 겨누기 전에 말이야."

나는 웃었습니다. 그렇구나. 그럼 되겠네.

그녀는 내가 만든 이야기를 좋아했습니다. 어처구니없는 대목에서도 진지하게 되묻고 자기 생각을 말했습니다.

"언젠가 소설을 써. 가장 먼저 읽어 줄 테니."

미소만 짓고 있는 내게 그녀가 계속 말했습니다.

"연예인을 사귀면 그 사람 이름이 오래도록 따라다니는 게 불편할 거야. 그치? 그런데 작가를 사귀면 다른 곤란함이 있겠어. 자기 이야기를 책에 쓸까 봐 불안해지는 거지. 테오는 어때? 내 이야기를 쓸 거야?"

나는 여전히 대답하지 않았습니다. 그녀가 진지한 목소리로 이야기합니다.

"실명은 쓰지 말고. 너무 자세한 정보는 생략하고. 알았지? 혹시 쓰게 된다면 그걸 꼭 지켜야 해."

그녀를 바라봅니다. 비로소 그녀가 내게 비일상적인 존재라는 걸 깨닫습니다. 순서가 바뀐 것 같습니다. 책 속의 사람이 현실로 걸어나와 나를 만난 게 아닐까요? 그녀는 나와 사랑에 빠지고 나서 다시 책 속으로 돌아가야 하는 선녀나 뭐 그런 종류의 존재가 아닐까요?

그 녀 가 나 를 보 며   웃 습 니 다 .

세상에서 가장 아 름 다 운 여 자 가   지금 내 앞에 있습니다.

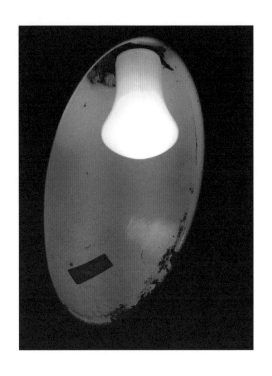

인 연 이　길 어 지 면　뿔은 결국 돋아나.

이별을 피하는 유일한 방법은

서로에게 뿔을 겨누지 않는 거야.

어 딘 가 를　가 리 킬　때 만

그 뿔을 사용하는 거야.

그림

　　복도 저편으로 당신이 등장합니다. 눈을 감고 곁을 스치는 방식으로 가슴속 빈 액자에 당신의 얼굴을 담습니다. 액자의 테두리를 쓰다듬으며 생각합니다.

고맙습니다.
당 신 을　기 억 할 게 요 .

인사

잘 가요. 사랑.
그동안 고마웠습니다.

여행

쓸쓸한 날들을 지나서 왔습니다.
참 어김이 없지.
여행은 언제나 계곡을 지나 목적지에 도착합니다.

계곡은 기억입니다.
지나간 상처들이 새겨져 있습니다.
못 지킨 약속들을 이마에 붙이고
천천히 봄을 일으키는 장소.

그녀와 함께 다녀왔던 여행이 생각납니다. 그리고 흐려집니다.
사진에서 한 사람의 흔적을 찢어내듯 지난 여행이 그렇게 지워
지는 기분이 듭니다. 여행 말고도 행복했던 여러 순간들이 마음
속에서 사라지고 있습니다. 기억이 떠오를 때마다 스스로를 해
칠지 모른다고 여기는 것 같습니다.

지독한 자기방어. 미숙한 내 성정은 그녀가 남긴 기억들을 모두 지워 버릴 계획인 것 같습니다.

그녀와 손잡고 다시 여행을 떠나고 싶습니다.
지워지지 않을 여행.
다시 생각나도 슬퍼지지 않을 여행.

그녀에게 말했습니다.
이별여행이라는 게 있다는데 해보지 않을래? 마지막으로 함께 여행하며 인연을 정돈하는 거래.
그녀가 대답합니다.
"영화에서나 가능한 여행이네. 여행이 슬플 텐데. 돌아오기 싫을 만큼 슬플 텐데. 그런 걸 어떻게 가겠니. 혼자 간다면 또 모를까."

그 렇 구 나 .   혼자라면 또 모를까.

그 녀 를   보 내 고   나 면   여행을 하는 게 좋겠습니다. 어디가 좋을까요? 어디를 여행하면   그 녀 를 놓 고   올 수 있는 이별여행이 가능할까요?

그대

사랑이 갑니다.
사랑 참 시시하지.

내가 바라는 건 하나,
더 많이 행복하세요, 그대.

살아간다는 것은 결국 사랑한다는 것.

사랑했고 사랑받았으므로 나의 날들은 의미가 있었습니다.

그녀와 사랑했던 900일.

그리고 기적 같은 180일.

지나간 사랑은 결국 잊히겠지만 당신으로 인해 조성된 나의 성정은

더욱 건강하게 두근거릴 것입니다.

그러니 안심하세요.

4

안
녕

계절

      쓸쓸함이 이별의 흔적을 헤치고 들어서자 일상이 다시 흔들리기 시작합니다. 사람은 희망보다 절망과 더 친한 생물일지도 모릅니다.

사 랑 을 하 고 이 별 을 했 습 니 다 .
그저 그뿐인데.

영원이라면 좋았을 180일의 환절기가 지나고
나는 이제 새로운 계절로 들어섭니다.

그녀가 없는 계절입니다.

당신의 하늘과
나의 하늘이 겹치면

　　　　오래된 습관처럼 손을 뻗어 봐. 당연히 당신은 없고 나는 슬퍼지는 거야. 원래부터 그런 습관이 있던 것처럼 손을 뻗어서 곁을 확인해. 그리고 슬퍼져. 그래서 가슴이 울먹거리다 다시 일어나는 거야. 커피도 한 잔 마시고 음악도 켜고 그러다 어쩔 수 없이 눈을 감으면 당신이 보이는 거야. 나도 모르게 손을 뻗어 봐. 손끝이 차갑고 시려. 그리고 슬퍼져.

잠이 올 것 같지 않아서 밖으로 나가면, 학교 운동장을 여러 번 달리면 밤하늘 저쪽으로 당신의 하늘이 보이는 거야. 여긴 밤인데 거긴 낮이겠지. 여긴 슬픈데 거기엔 당신이 있겠지. 지금 이 밤하늘과 당신의 파란 하늘을 겹치면 너무너무 행복해질 거라는 생각.

당신의 파란 하늘과 겹치면.
당신의 하얀 웃음과 겹치면.

당신의 하늘과 겹치는 상상을 하면 조금쯤 슬픔을 참을 수 있게
되고, 슬픔 대신 차오른 그리움 덩어리를 안고서 집으로 돌아오
는 거야. 잠자리에 누워 보는 거야.

그렇지만 나는 다시 곁을 더듬고
역시 당신은 없고
책도 펴지 않고
음악도 켜지 않고
컴퓨터도 켜지 않고
불도 켜지 않고
다시 나가지도 않고
커피도 마시지 않고
여러 번 손을 뻗어 보는 거야.
나는 다시 슬퍼지는 거야.

보 고   싶 어 요 .
당신이 그리우니까.

다행

깨닫습니다. 이별에는 준비가 소용없다는 것을. 실연이 주는 슬픔은 건너거나 피할 수 있는 것들이 아닙니다. 눈물조차 흐르다 마를 만큼 지독한 고통입니다. 그러나 처음이 아닙니다. 이 고통은 낯익은 것입니다. 아팠던 새벽, 그녀가 찾아와 내 어깨를 감싸고 해줬던 위로. 그녀의 사랑이 내 절망을 위로하기 시작합니다. 함께 보낸 날들의 두께만큼 내 온몸을 보호하기 시작합니다.

방치되지 않았다는 기쁨. 어떻게 그럴 수 있었을까요? 이별하면 그뿐. 아무 상관도 없는 사이인데. 그대로 떠나지 않고 다시 돌아와 놓았던 연인을 끌어안다니요. 180일 전의 위로가 나를 부릅니다. 그때의 선물이 귓가에 들리는 것 같습니다.

" 울 지   마 요 .   살 려   줄 게 . "

살아간다는 것은 결국 사랑한다는 것,
사랑했고 사랑받았으므로 나의 날들은 의미가 있었습니다.
그녀와 사랑했던 900일.
그리고 기적 같은 180일.

지나간 사랑은 결국 잊히겠지만 당신으로 인해 조성된 나의 성
정은 더욱 건강하게 두근거릴 것입니다.
그러니 안심하세요.

이 번   이 별 은   나를 해치지 못합니다.

그리움처럼

오랜 습관 같은 그리움 안고 있는 당신.
지금 거기서 커피 한 잔 마셔 줄래요?

장소는 다르지만 같은 향을
느낄 수 있을 테니까.

나도 외롭고.
당 신 도   외 로 우 니 까 .

지금 거기서

커 피 한 잔

마셔 줄래요?

당신의 입자

　　　　　　냄새는 입자입니다. 무형의 것이 아니라 단지 작
을 뿐입니다. 그이의 냄새가 기억난다는 것은 그이의 입자가 내
게 묻어 있다는 뜻입니다. 그이의 일부가 나와 함께 있는 것입
니다. 내가 입은 옷, 머리카락 그리고 이마 위에도 그이가 남아
오래오래 그 흔적을 느끼게 되는 것입니다.

그래서 들뜬 밤입니다.
당신을 보내지만 당신의 흔적만은 보내지 않아도 좋은 것 같은.

기억한다는 것과 잊힌다는 것은 서로 다른 반대의 입장이지만
사실 그까짓 게 무슨 상관이 있겠습니까? 중요한 것은 하나뿐.
사랑했는가. 사랑받았는가.

당신에게 묻습니다. 날 사랑하셨나요?

나의 대답은 준비되어 있습니다.
당 신 을   사 랑 하 지   않 은
순간이 없었습니다.

눈을 감습니다. 가만히 느껴지는 비 냄새. 그리고 거기 실려 오
는 당신의 냄새. 내 근처 어딘가에 당신의 입자가 남아 장식처
럼 매달려 있나 봅니다.
그게 참, 다행입니다.

작곡

사랑은 노래 같아요. 말로는 표현하기 어렵죠.

음표를 보는 것도 힘들어요.

누군가 불러 주기 전에는 제대로 이해할 수가 없어요.

당신은 내게   왔 다   떠 나 고

당신이 있던 자리에 잔뜩 음표만 남아 있어요.

사랑은 노래 같아요.

말로는 표현하기 어렵죠.

이름

　　　기억이 흐려지는 게 싫어서. 그래서 이름을 불렀
습니다. 미련해서가 아니라. 미련이 남아서가 아니라. 그리워서
가 아니라. 그리움이 남아서가 아니라.

당신이 보고 싶어서가　　아 니 라 .

미련해서가 아니라.

미련이 남아서가 아니라.

그리워서가 아니라.

그리움이 남아서가 아니라.

당신의　근방

　　　　벗어날 수도 들어설 수도 없는 거리에 내가 있습
니다. 당신의 근방을 걷고 있습니다. 간판이 예쁜 빵집이 보입
니다. 길가로 난 의자에 앉아 음악을 듣습니다. 어린 피아노 연
주자의 세레나데입니다. 낯선 이름의 홍차에 우유를 섞은 밀크
티를 마십니다. 부드러운 오후입니다.

아 마 도　　나 는　　당신이 원하는 만큼 곁을 지킬 수 있
을 것 같습니다.　당 신 이　　그 어　　준　　근방 안에
머물 수 있을 것 같습니다.

당신의 평온을 지키며.
당신의 근방 안에서.
음악을 들으며.
뜨겁게 데운 차를 마시며.

비가 내리면

습관처럼 눈이 감기고.
당신이 그리워지고.

기분

　　　　　잠들기 전 생각합니다. 오늘 같은 하루가 몇 번
더 반복되는 게 무슨 의미가 있을까?

거울 속에서 나를 봅니다.
너는 누구니?

기분이 이상합니다. 다시 묻습니다.
혹시 배가 고프니?

생각해 보니 마음이 놓입니다.
웃으며 대답합니다.

응. 배가 고프네.　　그 래 서　　그런 거였네.

오늘 같은 하루가

몇 번 더 반복되는 게

무슨 의미가 있을까?

거울

　　나는 변화에 약한 남자입니다. 첫인상으로 나를 기억하는 사람들은 변화에 익숙하며 자극을 좋아하는 사람으로 생각합니다. 그러나 삐익. 잘못 보신 겁니다.
나는 그렇지 않아요. 같은 식당을 찾고 같은 물건을 쓰고 한 여행지에 오래 머무는 방식으로 여행하는 남자입니다.
변화는 피곤합니다.
카페 의자도 몸이 절반쯤 묻히는 쪽을 좋아합니다. 앉으면 좀처럼 일어나지 않습니다. 아끼는 식당들도 오래된 곳들이며 대부분 매니저도 바뀌지 않는 곳입니다. 그들은 나를 기억하고 나는 그들이 편안합니다.

그런 내가 연인을　잃 었 습 니 다 .

이제 무엇을 해야 할까요?
일 중독자가 되어 볼까요?

돌아오지 않는 여행을 떠나 볼까요?
새로운 사람을 만나 볼까요?
어떻게 하면 이 변화에서 나를 구할 수 있을까요?

집을 나서려다 거울 앞에 서서 어쩔 줄 모릅니다.
그녀가 없는 이 변화에 적응하지 못합니다.
그렇게 한참 동안 거울을 봅니다.
좀처럼 거울 앞을 떠나지 못합니다.

기적

일상이 기적입니다.

그대 없이 내가 숨 쉬고 살아가다니.

운명

어디로 가는 걸까요. 삶은.

우릴 이끌어 무엇을 하려는 걸까요.

내가 원하는 걸까요. 삶이 원하는 걸까요.

그대를, 내가 사랑하는 걸까요. 삶이 사랑하는 걸까요.

실은 내게 아무 결정권도 없는 건 아닐까요?

모두 정해져 있는 게 아닐까요?

내가 가야 할 길.

해야 할 일.

사랑해야 할 사람.

그런 일상들이 실은 처음부터 정해져 있고,

나는 그 삶을 정교하게 실현시키고 있는 건 아닐까요?

언젠가 태국에서 벽에 금종이를 붙이는 사람들을 봤어요. 그걸
붙이면서 소원을 빌더라고요. 그러나 애초에 소원 따위 빌어도

소용없는 거면 어떡하죠? 자기가 받을 몫과 줄 몫. 그게 모두
정해진 것이라면요.

쓸쓸이 지나쳐 우울이 되고 있어요. 요즘의 나는 정말이지 신
경증 덩어리가 되어 버렸어요. 그러나 염려 말아요. 걱정할 일
은 아니죠. 우울이 꼭 나쁜 것만은 아니에요. 사람이 깊어지잖아
요? 분위기가 멋있어지기도 하고. 그리고 뭐 또 나아지겠죠. 모
든 슬픔은 결국 다 정돈되잖아요.
그리고 지 금 은   열두 시에서 한 시로 바뀌는 시간이니까.
밤 에 서   새 벽 으 로   바뀌는 시간이니까.

당신을 그리워해도   괜 찮 은   시간이니까 말이에요.

어디로 가는 걸까요, 삶은.

우릴 이끌어

무 엇 을   하 려 는   걸 까 요 .

내가 원하는 걸까요.

삶이 원하는 걸까요.

골목

　　　　　자주 넘어지는 그대를 위해 나는 이 골목의 등이 되겠습니다. 다른 등처럼 밝지는 않지만 그대 발밑을 향해서만 빛을 보내는 능력. 당신을 보호하는 능력은 비교할 수 없을 겁니다.

알고 있습니다. 여기는 그대가 자주 지나는 길이 아닙니다. 그대는 저기 밝은 곳, 길이 단단하고 깨끗한 곳으로 다닙니다. 사람들 많고 등도 많이 달린 곳. 좀처럼 넘어지지 않는 곳으로 다닙니다.

실은 그 때문입니다. 내가 여기를 지키는 이유.
어쩌다 지나갈 그대를 위해 그 한 번의 외로움을 위해.
녹이 슬도록　떠　나　지　　않　겠　습　니　다　.
당신이 이 길 다 지나가기 전까지는.
이 골목을 영원히 잊기 전까지는.

내가 여기를 지키는 이유.

어 찌 다   지 나 갈   그대를 위해

그 한 번의 외로움을 위해.

녹 이   슬 도 록

떠나지 않겠습니다.

구두

    골목을 걷다 쇼윈도 앞에 멈춰 섭니다. 창 너머로 구두가 보입니다. 이건 당신이 싫어하는 타입의 구두. 장식이 덜하고 높지 않은 굽에 정갈한 디자인의 구두가 당신이 좋아하는 타입.

나는 당신이 좋아하는 스타일의 원피스와 가방과 귀걸이와 구두에 대해 알고 있습니다. 아직 다 기억하고 있습니다.
사 랑 은   갔 지 만
내 기억은 아직 당신을 보내지 않은 것 같습니다.

나는 당신이 좋아하는 스타일의 원피스와 가방과 귀걸이와 구두에 대해 알고 있습니다.

아 직   다   기억하고 있습니다.

방향

지난 사랑은 다시 부르지 않기.
그것이 내가 지켜야 할 약속.

기억이 묻습니다.
사랑이 간 곳을 아니? 왼편이니 아니면 오른편이니?
기억에게 말해 줍니다.
그이가 간 곳은 거기. 네가 서 있는 등 뒤란다.

기억이 등 뒤를 바라봅니다.
당신을 사랑한 내 심장의 흔적.
그 흔적을 밟고 넘으면 당신의 뒤를 따를 수 있을까.
떠난 사랑을 찾을 수 있을까. 다시 사랑할 수 있을까.

따라갈 수는 있지만 만날 수는 없단다.
찾아갈 수는 있지만 찾을 수는 없단다.

기억에게 말해 줍니다.
지 나 간   사 랑 과 는
다시 사랑할 수 없단다.
그 리 워 할   수 는   있 으 나
다시 사랑할 수는 없단다.

그대가 그립습니다.
나는 다시 그대가 그립습니다.

약속처럼

　　　　기억하나요? 우리 처음 만났던 날의 약속. 지금
내 눈이 당신을 향해 있고 당신의 눈동자를 향해 있고 당신의
영혼을 향해 있는 이유는 간단합니다.
당신을 만날 생각에 설레기 때문.

못 견디게 당신이 그리운 아침 나는 눈을 감습니다. 눈을 감고
긴 여행의 끝에서 만난 다른 끝, 다른 땅, 다른 푯말이 가리키는
곳을 향합니다. 그곳을 향해 섭니다.
어떤 화살표가 향하는 대로 서야 당신을 볼 수 있습니까. 어디
를 향해야 당신을 보고 어디로 걸어야 당신을 만나고 어느 끝을
향해 눈을 감아야 당신을 느낄 수 있습니까.

나는 지금 목이 마르고 등대에는 물이 없습니다.
여기 당신이 없고 나는 목이 마르고 아무리 찾아봐도 물은 없으
며 견딜 수 없게 나는 지금 당신이 그립습니다.

당신이 그리운 것이 아니라 목이 마르고 목이 말라서 당신이 그립고 당신이 그리워서 죽을 것처럼 목이 마르지만 사실은 목이 마른 것이 아니라 그저 당신이 그리운 것입니다.

당신이 보고 싶은 것입니다.

내 손이 어딘가를 가리키고 있다면 그건 당신이 그립기 때문입니다. 당신이 그립기 때문에 거기 등대가 서고 푯말이 서는 것입니다.

내 눈이 향한 어딘가로 당신이 오는 거라면 좋겠습니다.
당신을 만나게 된다면 좋겠습니다.

하늘

하늘입니다. 나는 지금 비행기에 타고 있습니다. 살아가는 일이 하늘 위만 같다면 얼마나 좋을까요. 구름 위의 하늘처럼 평화롭다면. 비도 눈도 천둥도 번개도 없이 온전한 고요함으로 가득하다면.

나는 사는 일이 바람 같다고도 느낍니다. 가고 오는 걸 정할 수 없잖아요. 그래서 여행이 좋았습니다. 여행은 내가 원하는 대로 떠날 수 있으니까. 머물 수 있으니까.
그 런   방 식 으 로   당신을 찾아 안길 수 있다면 얼마나 좋을까요.

구름 저쪽으로 해가 보이기 시작합니다.
밤이 지나가고 있습니다.

이별여행

　　비행기 옆자리에 여자가 앉아 있습니다. 낯선 사람입니다. 가볍게 인사를 나눈 후 대화가 이어졌습니다.

"친구들하고 같이 인도로 가는 중이에요. 한 아이가 이별을 했거든요."

"이별에 인도가 좋은가 봐요?"

"그럴 리가요. 그 아이가 어디든 상관없다고 해서 그냥 내가 가고 싶은 데로 고른 거예요. 가보고 싶었거든요. 아참. 남자들은 어떤 여자를 좋아해요? 그냥 예쁘기만 하면 돼요? 다른 건 필요 없어요?"

"남자에 따라 다를 거예요. 나는 일단 꼭 그렇지는 않아요."

"나는 한 번도 남자와 사귀어 본 적이 없어요. 진지하게 손을 잡아 본 적도 없어요. 예쁘지 않아서 그런 거겠죠?"

왜 그렇게 생각할까요? 날렵한 눈매와 오똑한 코. 뺨도 입술도 예쁜 얼굴인데 말입니다.

"너의 진정한 아름다움을 발견한 남자가 아직 없는 거야, 사람에게 정말 중요한 것은 내면이야. 이딴 이야기는 듣고 싶지 않아요. 거짓말인 거 다 아니까. 한번은 내가 먼저 남자에게 고백한 적이 있어요. 나란히 벤치에 앉았을 때요. 남자와 난 커피를 마시며 한동안 말이 없었어요. 나는 그 침묵에 설레고 말았죠. 그리고 오해했어요. 남자가 망설이는 걸까. 혹시 그런 걸까. 그렇다면 역시 내가 먼저 말하는 것이 좋겠다. 이런 기회는 다시 오기 어려울 거야. 그래서 고백을 했죠. 나, 당신이 좋아요."

비행기가 조금 흔들렸습니다. 스튜어디스가 다가와 묻습니다. 커피로 드릴까요, 아니면 홍차? 나는 커피를 그녀는 홍차를 달라고 했습니다. 향기 없이 쓰기만 한 커피와 아무 맛 없이 향기만 좋은 홍차가 우리 둘 앞에 놓였습니다. 그녀가 말을 이었습니다. "남자가 내 얼굴을 쳐다봤어요. 그리고 어떤 표정을 지었는데 아직도 그 표정이 기억나요. 잊지를 못해요. 남자에게 미안했지만 미안하다고 말할 겨를도 없었어요. 나는 도망치듯 그 자리를 벗어나야 했으니까요. 부끄러웠어요. 그리고 무서웠어요. 내가 무슨 짓을 저지른 거지? 그런 생각으로 머릿속이 가득했어요. 지금도 그때 생각만 하면 어디로든 도망치고 싶어요."

남자가 당신을 거절한 이유가 정말 그것 때문이라고 생각해요?

익숙하지 않아요.

사랑하는 것도 사랑받는 것도.

나 는   사 랑 이   어 려 워 요 .

언 젠 가   나 도

사랑을 하게 될까요?

예쁘지 않아서? 이렇게 묻고 싶었지만 그러지 못했습니다.

묻는 건 그녀입니다. 나는 그녀의 말을 듣고 고개를 끄덕이면 되는 것입니다. 묻거나 설명하는 건 지금 내게 어울리지 않습니다. 왠지 그런 분위기였습니다.

시간이 흐르고 비행기가 조금 더 흔들리고 스튜어디스가 커피 잔을 거둬가고 그녀는 홍차를 조금 더 채웠습니다. 그리고 말을 잇습니다. 익숙지 않아요.

"익숙하지 않아요. 사랑하는 것도 사랑받는 것도. 나는 사랑이 어려워요. 언젠가 나도 사랑을 하게 될까요? 사랑은 참 공평치 않죠. 벌써 여섯 번째 남자와 헤어지는 친구도 있는데."

덜컹. 비행기의 랜딩기어가 내려가고 한쪽 날개가 솟아오릅니다. 비행기가 착륙을 시작합니다. 나도 그녀도 안전벨트를 채웁니다. 혼잣말 같은 그녀의 목소리가 들립니다.

"내가 어떤 여자인지 궁금해요. 인도에서는 나를 만날 수 있을까요? 거 기 에 가 면 내 가 보일까요?"

비행기가 공항에 내렸습니다. 델리입니다. 여기서 나는 바로 비행기를 바꿔 타고 라다크의 작은 공항으로 향할 예정입니다. 여권을 체크하고 나와 둘러보니 그녀가 보이지 않습니다.

어 디 로 간 걸 까 요 ? 그녀는.

레 _____

기쁠 때나 슬플 때나 우리가 생각하는 것은 사
랑. 일상을 걷거나 새로운 세계로 향하는 동안에도 우리가 노래
하는 것은 결국 그렇게 사랑입니다.

그런데 아직도 믿어지지 않는 것은.
사랑인데 어째서 이별일까요.

이별은 도무지 익숙해지지 않는 습관입니다.
이별할 때마다 우리는 죽음 같은 아픔을 겪어야 하는 것입니다.

당신을 잃고 도착했습니다.
라다크의 오래된 마을, 레.
버려진 골목 사이로 지난 기억들이 흐릅니다.

나는 그 사이를 정신없이 걷습니다.

당신의 얼굴이 떠오릅니다.
심장이 터질 것 같은 그리움.

사랑합니다. 헤어졌지만. 당신을 사랑합니다.
사랑하지 않고는 보낼 수 없으므로 이렇게 여전히 사랑할 수밖
에 없습니다. 이별은 사랑의 완성입니다. 나보다 당신을 더 사
랑한다는 고백을 나는 이별로 증명한 것입니다.

여 행 도   이 별 도   결국은 지나갈 것입니다.
나는 그렇게 생각하고 있습니다.

버려진 골목 사이로

지난 기억들이 흐릅니다.

나는 그 사이를

정신없이 걷습니다.

잘 지내나요?

1.

잠이 안 오면 아침까지 당신을 생각할 때가 있다고 했죠?

그때 했던 상상 하나 말해 줄까요?

2.

잠에서 깬 거야. 시계를 보니까 아직 밤.

아침이 오려면 한참을 기다려야 해.

잠은 다시 오지 않을 것 같고.

음악이라도 듣고 싶지만 그러면 당신이 깰까 봐

나는 멍하니 앉아 있을 수밖에 없는 거야.

창밖에는 어둠이 가득하고.

방 안에는 고요함이 가득하고.

내 마음은 평안으로 가득하고.

곁에선 당신의 숨소리가 새근새근 들리는 거야.

3.

가만히 있으려니까 아무래도 심심해서

옆으로 누운 당신 뒤에 따라 누운 다음

당신 호흡에 맞춰 숨을 쉬어 보는 거야.

당신이 들이쉴 때 나도 들이쉬고.

당신이 내쉴 때 나도 내쉬고.

그렇게 당신을 따라 몇백 번도 넘게 숨을 쉬는 거야.

그러다 당신이 그리워서

못 견디게 당신이 그리워서

가만히 당신 어깨를 어루만지는 거야.

그런데 그만 당신이 깨어나는 거야.

어깨를 쓰다듬던 내 손이 미안해서 막 떨리는데

당신이 그런 내 손을 잡아 주는 거야.

4.

당신은 잠 속에서도 내 그리움을 느꼈던 거야.

잠에서 깬 당신은 눈도 뜨지 않은 채 나를 찾고

내 이름을 부르고

나는 그런 당신의 입술에 입을 맞추고

당신과 입 맞추고 나자 꿈처럼 잠이 오는 거야.

5.
다시 찾아온 잠에 기분이 좋아진 나는
당신 뒤에서 당신을 안고 깊이깊이 잠드는 거야.
당신도 내 품에 안긴 채 깊이깊이 잠드는 거야.
둘이 그렇게 서로에게 잠긴 채
해가 뜨도록 잠드는 거야.
창밖 거리로 사람들이 지나다니든 말든
행복한 늦잠 속으로 둘이 함께
깊이깊이 빠져드는 거야.

6.
보고 싶어요.
나는 이만큼 당신이 그리워요.

창밖에는 어둠이 가득하고.

방 안에는 고요함이 가득하고.

내 마음은 평안으로 가득하고.

바람이 불어와 들뜬 이마를 만집니다.

이제 나는 이런 징조를 그녀의 것으로 믿지 않습니다.

아무리 많은 이야기를 해도 설명할 수 없는 것이 있습니다.

당신은 어떻게 나를 구했을까요. 약속을 지켰을까요.

당신의 180일 이후로 한참이 지나갔지만 하루도 당신 때문에 슬

펐던 날이 없습니다. 그리웠지만 아프지 않았고 쓸쓸하지만 외

롭지 않았습니다. 쓸쓸함과 외로움이 다르다는 걸 알게 되었고

그래서 나는 좀 신기합니다.

어떻게 나를 구했을까요.

우리 이별을 완성했을까요.

사랑합니다.

완성된 기억으로 당신을 사랑합니다.

이것이 내가 전하는 마지막 고백입니다. 당신에게도 내게도 새로운 이름이 들어설 것입니다. 그리고 그 이름이 곁을 지키겠지요. 우리의 사랑은 온전히 그들을 위한 것입니다. 더는 서로에게 나눌 사랑이 없습니다. 그래서 신기합니다.

어떻게 나는 무사할 수 있었을까요. 반짝이는 이 계절에 도달할 수 있었을까요.

슬픔의 계절에 꽃을 꽂고 여기까지 나를 인도한 당신입니다. 하고 싶은 말이 있으니 단어를 고르겠습니다. 사랑은 이미 다했으므로 다른 단어를 선택합니다. 그리고 고백합니다.

고맙습니다.

당신.

타란텔라 댄스

나는 동물을 좋아합니다. 그래서 반려동물을 찾아봤습니다. 친구들은 반대했습니다.

"고양이나 강아지가 털이 얼마나 날리는지 아니? 너처럼 깔끔떠는 인간이 감당할 수준이 아냐."

그런가요? 정말 고양이 털은 막 눈처럼 내리고 밥에도 끼어들고 솜이불이 양털이불로 변하나요?

망설이며 고민하던 중에 녀석을 만났습니다. 타란튤라. 열대 사막이나 남미의 정글에 서식하는 놈. 몸집이 크고 독이 있으며 쥐나 새, 때로는 전갈이나 작은 독사까지도 잡아먹는 남미의 독거미. 자이언트 타란튤라.

이거다 싶었습니다. 털도 없고 많이 먹지도 않고 시끄럽지도 않고. 최고의 동거동물을 만난 것입니다. 더구나 사진으로 본 녀석의 모습도 마음에 들었습니다. 반짝이는 눈들이 무척 귀여워 보였습니다. 그날로 달려가 충무로의 작은 애완동물 가게를 방문했고 녀석을 데려왔습니다.

사건이 벌어진 건 녀석을 데려온 지 사흘째 되는 날이었습니다. 첫날 아랫집 꼬마 아이를 기절시키고, 다음 날 집에 방문한 피자 배달 청년을 흥분시키더니, 3일째 되는 날 드디어 먹이를 주던 내 손을 물어 이놈이 도무지 애완동물인지 정글 속 야수인지를 알 수 없게 된 상황이 벌어지고 말았습니다.

그렇습니다. 나는 타란툴라에게 물린 것입니다. 8센티미터쯤 되는 어린놈인 데다 성격이 온순하다고 해서 안심했는데 여지없이 물리고 말았습니다. 아픈 건 아니었습니다. 조금 따끔한 정도여서 이빨에 물린 건지 발끝에 찔린 건지 알 수 없을 정도였으니까. 정작 곤란한 건 그게 아니고 물린 후의 상태였습니다. 가슴이 울렁거리고 메슥거리기 시작하더니 드디어 정신까지 혼미해지는 것입니다.

독거미에 물리다니. 밀림도 아니고 사막도 아니고 대도시 한가운데서. 아마존이면 몰라도 충무로에서 데려온 놈에게 머리가 빙빙 돌도록 물려 버리다니. 쓸쓸한 생각이 들었습니다. 마음이 안 좋았습니다. 혼미한 정신으로 전화를 걸었습니다. 아니 이런! 나도 모르게 그녀의 번호로 걸고 있습니다. 헤어진 그녀에게 전화를 걸어 "살려 줘! 나, 독거미에게 물렸어! 어지럽고 토할 것 같아! 당장 와줄 수 있니?" 따위를 외칠 수는 없는 일 아닙니까? '살려 줘'는 이미 한 번 써먹은 데다가 아무리 그녀라도 지금 상황을 해결할 수는 없을 것 같았습니다. 서둘러 끊고 119로 바꿔 걸었습니다. 상담원이 받았습니다. 내 이야기를 듣고 멈칫하더니 조심스럽게 되물었습니다.

"저, 서울에 사는 거미들은 대체로 독이 없습니다만?"

어처구니가 없었지만 있는 힘껏 설명을 했습니다.

서울에 살긴 하는데요, 원래는 남미에서 살던 녀석이거든요? 털이 북슬북슬하고 커요, 물렸더니 따끔하던데요? 그리고 어지러워요, 더 이상 말도 못 하겠어요. 저 진짜로 물렸다고요!

그제야 상황을 파악한 상담원이 다급한 목소리로 대답했습니다.

"남미였군요! 독거미! 10분이면 도착합니다! 조금만 견뎌 주세요!"

떨어트리듯 전화기를 내려놓고 그 자리에 누웠습니다. 어지러워서 서 있기도 힘들었습니다. 속이 울렁거려 견딜 수 없었습니다. 10분도 견디기 어려울 것 같았습니다. 그 전에 죽을 것만 같았습니다. 힘겹게 책상에 매달려 마침 열려 있던 인터넷 검색

창에 단어를 입력했습니다.

타란툴라.

설명이 나왔습니다.

1300년대에는 타란툴라에 물린 병을 타란티즘이라 하고, 병에 걸린 사람을 타란타티라고 불렀다. 타란툴라에 물리면 증세는 물린 곳이 통증과 함께 붓고 심장이 울렁거리는데 심하면 정신착란 상태에 빠지고 토하다가 우울증처럼 되어 죽는다고 생각했다. 이 병을 고치기 위해서는 약을 먹어도 효과가 없고 오직 타란텔라라는 춤을 추면서 땀을 많이 흘려야 한다고 믿었다. 이런 믿음은 500년 동안이나 계속되었다.

– 네이버 두산백과

뭐라고요? 뭘 춰? 기껏 찾아낸 유일한 치료법이 춤? 식초를 마시라든가 알코올을 바르라든가 하는 응급요법이 아니고 댄스? 타란텔라란 이런 춤입니다, 오른손을 높이 들고 왼발을 높이 차고 힘껏 흔들어 주세요, 뭐 이런 식으로 춤추는 방법이 설명된 것도 아니고 그저 타란텔라라는 춤을 추면서 땀을 많이 흘려 주세요? 그뿐?

머릿속은 수만 마리 모기떼가 날아다니는 것처럼 윙윙거리고 가슴은 울렁거리고 녀석에게 물린 손가락은 갈수록 쓰려 오는데, 아려 오는데, 미칠 것 같은데, 믿어 의심치 않던 인터넷 백과사전은 내게 춤을 추라 권하고 있는 것입니다. 댄스를 소개하는 것입니다. 달랑 이름만 알려 주면서. 오직 그 방법밖에 없다는 설명까지 친절히 덧붙여서 말입니다.

'설마 농담은 아니시지요?' 하고 모니터에게 물어볼 수도 없고 그럴 정신도 없고 하여튼 다른 뾰족한 수가 생각나지 않아서, 나는 춤을 추고 말았습니다. 온갖 종류의 춤을 뒤섞어 추다 보면 그중 몇 동작 타란텔라와 비슷한 것이 나와 주지 않을까 싶었습니다. 그럴 것 같아서라기보다 그래 주길 바라는 심정이었습니다.

정신 나간 사람처럼 두 손을 흔들고 깡충깡충 뛰고 허리를 돌리고 엉덩이를 흔들고 다리를 꼬았습니다. 그 혼미한 정신으로도 살아야 한다고 생각하자 기꺼이 몸이 움직였습니다. 춤출 수 있었습니다.

그날 밤 나는 음악도 없이 정신 나간 사람처럼 흐느적거리며 타란텔라라고 믿어지는, 믿을 수밖에 없는 춤을 추고 있었습니다. 정확히 10분. 구조대원들이 도착할 때까지. 숨넘어갈 만큼 위급한 순간. 나는 춤을 추며 구원을 기다리고 있었습니다.

그들이 도착했습니다. 까마득한 마음으로 정황을 설명했습니다. 이러저러해서 먹이를 주다 거미에게 물렸는데 정신이 혼미하고 가슴이 벌렁대고 뭐 이런 식으로 한참을 떠들었습니다. 그런데 기분이 조금 이상합니다. 이마에선 땀이 흐르고 춤을 춘 때문인지 티셔츠는 젖어 있는데 지금 어떤 상태이십니까? 하고 묻는 구조대원의 말에 그만 아무렇지 않은데요, 하고 대답해 버린 것입니다. 왜냐하면 정말 아무렇지 않았기 때문입니다.

가슴이 벌렁대는 건 맞지만 그건 아까의 거미 때문이 아니라 힘차게 춤을 췄기 때문이라 느껴졌습니다. 정신도 이미 돌아왔고 메슥거림도 멎었습니다. 구조대원에게 사실대로 말했습니다.

거미에게 물린 건 맞는데요, 인터넷 백과사전에서 시키는 대로 춤을 췄더니 한결 괜찮아졌는데요?

구조대원이 멈칫하더니 조심스럽게 물었습니다.

"인터넷 백과사전? 춤이요?"

미안한 마음을 담아 차분히 설명했습니다.

타란텔라라는 춤인데 그게 유일한 해독법이거든요. 타란툴라에게 물리면 타란텔라를 춰야 한대요. 그 방법밖에 없대요. 무작정 정신 없이 춤을 췄는데 타란텔라가 맞았나 봐요. 머리도 안 아프고 속도 괜찮아요. 와줘서 고맙습니다.

가만히 내 표정을 살피던 구조대원이 차분한 목소리로 대답했습니다.

"그래도 혹시 모르니까 응급실에 가보는 게 어때요? 모셔다 드릴까요?"

어색하게 미소 지으며 대답했습니다.

다시 어지러워지면 춤을 더 춰보고 그래도 어지러우면 전화를 드릴게요. 그때는 꼭 응급실에 데려다 주세요. 잘 부탁드립니다.

구조대원은 돌아갔고 나는 물을 들이켰습니다. 기특한 일입니다. 나는 어떻게 알아낸 것일까요? 미지의 대륙 원주민들이 자기들만의 비밀로 전수한다는 신비의 춤. 털북숭이 독거미 타란툴라에게 물리면 오직 그 춤으로만 치료가 가능하다는 고대의 비전. 바로 그 힐링댄스 타란텔라를 어떻게 내가 알아낸 것일까요? 다시 추라면 출 수 없습니다. 불가능한 일입니다. 이미 말한 대로 그때의 나는 혼미한 상태였으니까요. 어떤 리듬으로 어떤 동작의 댄스를 추었는지 기억할 수가 없습니다. 도저히 생각나지 않습니다.

간혹 궁지에 몰리면 특별한 재능 같은 게 생긴다는데 내게는 그 재능이 댄스인 것 같습니다. 아깝습니다. 정신이 조금만 온전했어도 동작을 기억해 두었다가 타란툴라에 물린 사람들을 위한 치료용 댄스 영상을 만들어 도움을 나눌 수 있었을 텐데요. 두고두고 아쉽습니다.

안심해도 좋아요.

그 대   없 이 도

나

이 렇 게

잘 살고 있습니다.

작가의 책상 _____

a.

내 안에는 인형이 있다. 무작정한 환상이 아니다. 나는 그의 존재를 선명히 느낀다. 그의 존재를 인지한 건 남미에서였다. 소금사막으로 향하는 길에 그를 만났다. 내 마음속의 인형. 그가 내게 말을 걸었던 것이다.

b.

오늘도 나는 인형과 대화했다. 대화라기보다는 주로 그의 이야기를 들었다. 그와 이야기하는 동안에는 세상을 닫을 수 있다. 어느 날 함께 있던 친구가 그 모습을 봤다.

너는 벽을 보고 한참 동안 고개를 끄덕이더라?

c.

뇌신경학을 공부하는 친구의 말에 의하면 인형의 정체는 방어기제라고 한다. 마음이 불안해질 때마다 인형을 투영해 대화한다는 것이다. 인형은 일종의 내면일 수도 있고 거울 속의 나일 수도 있다고 했다.

d.

인형이 내게 친구인 것은 아니다. 그의 손에는 언제나 바늘 하나가 들려 있으니까. 조금 나아졌지만 한때는 뾰족한 걸 쳐다보지도 못했다. 지금도 바늘에 찔리면 얼마쯤 기절을 한다. 병원에 가서 주사를 맞을 때마다 폐를 끼치는 것 같아 미안하다. 깨어나 보면 서너 명의 의사가 주변에 모여 있는 걸 보곤 한다. 인형은 그런 나에게 종종 바늘을 겨눈다. 그럴 땐 몸이 굳어 움직일 수가 없다. 인형은 내가 무엇을 무서워하는지 알고 있다. 의심할 바 없는 내 안의 인형이다.

e.

언젠가 세어 본 적이 있다. 내가 가진 강박이 몇 개나 되는지. 예닐곱쯤 세고 나서 그만두었다. 알았으니까. 내 강박의 비밀을. 내가 가진 두려움은 대상 자체가 아니었다. 무언가가 내 세계를 침범해 들어오면 나는 그것으로 공포를 느끼고 기절하는 것이었다. 침입당하는 것에 대한 두려움. 그럴 가능성이 있는 대상에 대한 공포. 그것이 내가 가진 강박의 정체였다. 모든 종류의 강박들이 결국 그 때문에 존재하는 것이었다.

f.

내 삶은 자체로 로맨스의 흔적이다. 그것 없이는 내가 없다. 나는 늘 사랑을 보내거나 새로운 사랑에 빠질 준비를 하거나 지독한 사랑에 빠져 있다. 다른 상태란 존재하지 않는다. 혹은 잘 인지되지 않는다. 그리고 나는 거의 연인만을 위해 존재한다.

g.
이런 내게도 단 한 번 다른 방식의 사랑이 있었다. 두 과잉배려자의 충돌. 그녀가 나보다 강했으며 드디어 나는 처음으로 내가 주인공인 사랑을 경험했다. 특별한 느낌이었다. 나만을 위해 존재하는 사랑이라니. 그녀와의 사랑 이후 변화가 생겼다. 인형에게 내 생각을 말할 수 있게 된 것이다. 듣기만 하던 대화에서 이야기가 오가는 대화로 변했다. 나는 인형과 똑바로 마주볼 수 있게 된 것이다. 인형은 일종의 나였다. 내가 나를 바라본다는 것의 의미. 의심할 여지없는 자아의 획득이다. 자기결정권의 성립이다. 결핍이 채워지는 순간 그녀의 얼굴이 떠올랐다.

h.
고마운 사랑이다.
그녀는 나를 구원했다.

i.
출판사와 이 책을 계약하고 곧바로 후회했다. 계약 날짜를 넘기고도 저술을 진행하지 못했다. 그녀와 이별한 지 3년이 지났다. 그동안 그녀는 결혼을 했고 나도 연애를 했다. 사는 일이 늘 그렇지. 지나가는 것이다. 나도 당신도 우리 사랑도 바람처럼 시계의 초침처럼 쉴 새 없이 지나가 버리는 것이다. 그런데 굳이 지난 이야기를 써야 할까? 나는 그래야 할까? 그녀에게 받은 180일의 선물을 묘사할 수는 있을까? 자문이 이어졌지만 답을 내리지 못했다. 그러는 동안에도 시간은 갔고 담당 에디터의 재촉과 격려는 계속됐다.

나는 결국 한 달을 온전히 비워 '180일'을 썼다.

j.

책을 쓰는 동안 그녀를 생각했다. 놀라웠다. 이름이 기억나지 않았다.
나는 그게 참 미안했다. 어떻게 잊을 수 있지? 내가 일부러 지운 걸까?
결국 생각난 그녀의 이름이 흘기듯 나를 쳐다봤다. 마주보고 나도 웃
었다. 그런 시간이었다. 이 책을 쓰는 동안은.

k.

출판사에 보내기 전 마지막으로 원고를 살펴보고 있었다. 그 새벽 모
처럼 인형을 봤다. 그의 손에 바늘은 없었다.

l.

나는 지금 사랑을 믿는다. 이제는 그만 오래 머물 수 있는 깊은 인연과
의 만남을 믿는다. 어쩌면 너는. 테오는. 이제 비로소 사랑할 연습을
마친 걸지도 모른다고. 사랑받을 준비를 갖춘 걸지도 모른다고.

m.

나는 지금 그렇게 속삭이고 있다.
조용히 웃고 있는 내 안의 인형을 향해.

어떻게 잊을 수 있지? 내가 일부러 지운 걸까? 결국 생각난 그녀의 이름이 흘기듯 나를 쳐다봤다.

마주보고 나도 웃었다. 그런 시간이었다.

180일 지금만큼은 사랑이 전부인 것처럼

초판 1쇄 인쇄 2014년 3월 24일   초판 1쇄 발행 2014년 4월 3일

지은이 테오
펴낸이 연준혁

출판 6분사 분사장 이진영
편집장 정낙정 | 편집 박지수 최아영
제작 이재승

펴낸곳 ㈜위즈덤하우스
출판등록 2000년 5월 23일 제 13-1071호
주소 경기도 고양시 일산동구 장항동 정발산로 43-20 센트럴프라자 6층
전화 031-936-4000 팩스 031-903-3895 홈페이지 www.wisdomhouse.co.kr
종이 월드페이퍼 | 인쇄 · 제본 ㈜현문

값 13,800원 ⓒ 테오, 2014 ISBN 978-89-5913-784-8 03810

국립중앙도서관 출판시도서목록(CIP)

180일, 지금만큼은 사랑이 전부인 것처럼 / 지은이: 테오. -
- 고양 : 위즈덤하우스, 2014
   p. ;   cm

ISBN 978-89-5913-784-8 03810 : ₩13800

산문집[散文集]

818-KDC5
895.785-DDC21   CIP2014009280

나 는   지 금   사 랑 을 믿 는 다.

이제는 그만 오래 머물 수 있는 깊은 인연과의 만남을 믿는다.